愛しの旦那さまには角がある

CROSS NOVELS

浅見茉莉
NOVEL:Mari Asami

NRMEN
ILLUST:nerumaeno

CONTENTS

CROSS NOVELS

CONTENTS

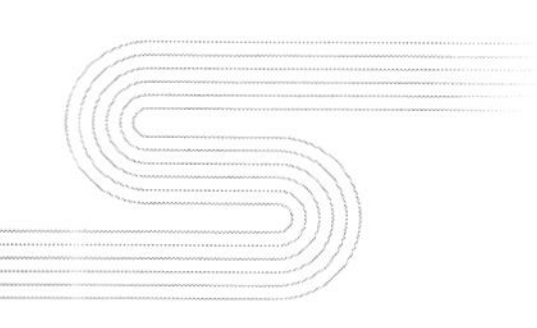

浅見茉莉

Illust
NRMEN

Presented by
Mari Asami
with
nerumaeno

CROSS NOVELS

ヒノキの香りも清々(すがすが)しい拝殿内には、一方の壁際に白木の祭壇が設(しつら)えられ、白磁の壺(つぼ)に活けられた榊(さかき)の枝やお神酒の他に、スルメや昆布(こんぶ)、リンゴやバナナを盛った籠(かご)、三方(さんぽう)にピラミッド型に積み上げた団子などが供えられていた。

改めて見ると、やっぱり胡散臭(うさんくさ)いな……。

明歩(あきほ)は白い着物と袴(はかま)に身を包んで部屋の隅に正座し、『麒麟教(きりんきょう)』神主の時津(ときつ)と両親が祭壇の前で一心不乱に祝詞(のりと)を唱えるのを、他人事のように眺めていた。金色(こんじき)の狩衣(かりぎぬ)姿の神主は、まるでなにかが乗り移ったかのように御幣(ごへい)を振り回し、明歩の父と母も負けじと数珠(じゅず)を手に声を張り上げていた。

数珠は仏教じゃないのかとツッコミたいのを我慢して、ちらりと祭壇中央の厨子(ずし)に祀(まつ)られた御神体に目をやった。金ぴかのそれは、龍(りゅう)のような顔でこちらを睨(にら)んでいた。しかし龍ではない。『麒麟教』の御神体なので、当然麒麟だ。

麒麟は動物園にいるやつじゃなくて、ビールのラベルに描いてあるあれだ。中国神話に登場する霊獣で、顔は龍で全体のプロポーションは鹿だが鱗(うろこ)に覆われ、牛の尾に馬の蹄(ひづめ)を持つというキメラタイプの動物だ。

その麒麟を崇(あが)め奉(たてまつ)っている『麒麟教』との出会いは十八年前、明歩誕生後のお宮参りに遡(さかのぼ)る。

田舎のジジババが行けとうるさいけど、若くてお金もなかった両親は、近場にあった『麒麟教』の社(やしろ)へ向かった。神社と新興宗教の区別もつかないくらい、当時はふたりとも宗教に興味がなかったようだ。

しかし神主の時津が赤ん坊の明歩を見て、「この赤子こそ、御祭神麒麟さまの伴侶となるべく生まれし者！」とかなんとか言って、両親を大いに持ち上げた。なんでも麒麟さまの伴侶となると、明歩自身も神格化するので、自動的に父と母のステータスも上がるらしい。

市井に暮らす一般市民としては、ちょっと気持ちを擽られたのだろう。この先もぱっとしないままその他大勢の一生だと思っていたのに、よくわからないけれど突然のエリート感。

明歩が思うに、揺らいだところを神主にだめ押しされたのだろう。麒麟さまの伴侶になると、特典として一族繁栄――ぶっちゃけツキまくるし金もがっぽがっぽと入ってくるし、と唆されて、すっかりその気になってしまった。

以来、敬虔な『麒麟教』信徒となり、明歩にはいずれ神さまの捧げものになるのだからと、言い聞かせて育てる始末だった。

明歩も途中までは親に倣って麒麟さまを信心していたが、分別がつくころにはどうにも怪しいと思わざるをえなくなってきた。世の中は情報に溢れている。いかさま宗教が原因と思われる事件を、嫌でも見聞きする。

ただ、なにか問題があるわけではなかった。他人に害が及ぶような活動はなく、どっぷり宗教に浸かった両親は夫婦仲もよくて家庭円満だった。こういうのを信じる者は救われるというのだろうかと、小学生にして思ったものだ。

なにかを信じてよすがとすることで、人生に希望と張り合いが出るのなら、新興宗教だろうとなんだろうと、当人にとっては本物なのだろうと結論づけ、明歩は見守ることにした。無理にやめさせようにも、こちらがＨＰを削られるだけで徒労に終わると想像がつく。こういうものは自分自身で目が覚めなければだめなのだ。

しかし両親はまったく目覚める気配はなく、むしろ年を重ねるごとにドはまりしていった。本人たちは信心と思っているけれど、こうしていれば金持ちになれるという野心に囚われているのだ、きっと。

そして十八の誕生日を迎えた明歩は、ついに麒麟さまの捧げものとなるべく、神主いうところの婚姻の儀という神事に参加させられている。

……ま、それも今日までだと思うよ。麒麟さまと結婚なんて言ったって、実際になにがどう変わるわけでもなし。

間違っても大金が転がり込んでくるようなことはないのだから、いい加減両親も怪しいと気づくだろうと思いながら、明歩はあくびを噛み殺した。

やがて額に玉の汗を浮かべた神主が明歩を振り返り、板の間の中央を示した。そこには四角く刳り貫かれて四隅に斎竹が建てられ、それに注連縄を巡らせて紙垂を下げてあった。聖域と称するその中の炉壇で火が焚かれ、けっこうな勢いで燃え盛っている。真上の天井は格子と金網で煙突代わりになっているとはいえ、だいじょうぶなんだろうかと思ってしまうくらいに。

明歩は聖域の手前に立たされ、白磁の盃を持たされた。お神酒が注がれて、未成年なんだけどいいのかな、と思う。

『口に含み、それを炎に向けて噴くように』

という指示に、アルコールで燃えないのだろうかとか、それのどこが婚姻の儀式なのかとか思ったけれど、儀式中の発言は禁止と前もって言われていたし、周りはみんな大真面目なので、黙って盃を口に運んだ。そして炎に向かって噴くが、巧くいかない。

神主の不服そうな咳払いに、慌ててもう一度お神酒を口に含み、大きく息を吸って思いきり噴射した。

ごうっ……、と炎が躍り上がった。紙垂に燃え移り、注連縄ごとあっという間に焼き切れる。その切れ端が炎の煽りを受けて、明歩のほうへ跳ね上がった。

「あっつ……！」

反射的に腕をかざすと、着物の袖が燃え上がった。

「明歩っ……！」

「いかん！　水を！」

慌てふためく神主や両親の声が響く中、明歩はあっという間に炎に包まれた。

嘘っ……！　結婚式じゃないのかよ!?　このまま葬式!?

そんなことを考えていられたのもわずかな時間で、熱いとか痛いとかよりもまず息ができなくなった。聖域として仕切られた場所なんてわずか一坪ほどで、そこで火が焚かれているだけなのに、逃げ出すことができない。

燃え盛る炎の音に、神主や両親の声が掻き消される。助けを呼ぼうにも声が出ない。せめて目を開けようと、どういうわけだかふと思い、明歩は熱を持った瞼を開いた。

――と、視界が真っ赤に染まる。

えっ、血……⁉

火に焼かれて目から出血しているのかと思ったが、そうではなかった。明歩の眼前にきらきら光る真紅の鱗が迫っていたのだ。巨大な魚が群れを成す水槽にでも飛び込んだら、こんな景色かもしれない。

しかしあまりにも大きすぎはしないか。全体のシルエットがさっぱり把握できず、いつまで経っても鱗ばかりだ。そもそもなぜ炎に巻かれているはずなのに魚なのか。

明歩が呆然と目を見開いていると、視界の端からすうっと五色にたなびく髪の毛のようなものが流れてきて、さらに大きな目玉がその間から見えた。

ぎゃあっ、な、なにっ⁉

心の叫びに反応したかのように、赤い双眸がぎろりと明歩を睨む。同時にふわりと五色の髪が翻って、目玉の持ち主の顔が判明した。

りゅ、龍……っ⁉　いや、まさか……麒麟――。

燃え盛るオレンジの炎を背景に、それよりもずっと鮮やかに赤いそれが、焔立つように輪郭を揺らめかせながら、明歩を包み込んだ。

ぼんやりと天井の格子模様が見えた。

やけに高い天井で、白い漆喰に朱赤の格天井という派手な意匠だ。おまけに四角の中にはそれぞれ花鳥が描かれている。

どっかの高級中華料理屋みたいだな……。

明歩はそんなことを思いながら、無意識に視線を巡らせた。

広い部屋の四隅にはひと抱えもあるような太い柱が立っていて、それもまた朱塗りだ。慣れない色彩に一気に意識が覚醒する。

えっ⁉　ここどこ⁉　儀式はどうなったんだ？　父さんと母さんは？　ていうか俺、火だるまになったはずで――。

明歩はとある宗教儀式に参加していたのだ。神事の手順に従って篝火に近づいて、そこで火が着物に燃え移り――。

絶対死ぬと思ったのに……助かったってこと？

命が無事だったなら、ここは病院という可能性が高いが、こんな病院があるだろうか。ふつうは白が基調、最近は淡いピンクとかグリーンとかもあるらしいけれど、赤はないだろう。血を連想するし、色彩的な刺激が強い。

ところで生きてはいるけれど、身体の具合はどうなのか。明歩的には炎に包まれて熱いし苦しいし、全身やけどは確定だと思っていたのに、今は特に痛みを感じない。

そっと片手を持ち上げると、やけどどころか擦り傷ひとつなかった。

「……あれ？」

呟くと同時に、声がした。

「お目覚めになりました！」

誰？　看護師さん？

若い男の声のようだが、今どきは男性看護師も増えている。

「ご気分はいかがですか？」

そう言って明歩の顔を覗き込んできた看護師（推定）に、返事をしようと口を開きかけ、明歩はそのまま固まった。

ドラゴンフェイスに豊かな鬣――よく知る麒麟の頭が、明歩を見下ろしている。

「……はあっ⁉」

なんの冗談だ。しかも首から下は人体っぽくて、昔の中国ふうの服を着ていた。一見着物のように前を合わせる形だが、袖は手首に向かって広がっていく筒状で、袖周りも身ごろの縁もラーメンどんぶりのような雷紋があしらわれている。腰に結んでいるのも、帯というより紐に近い太さで、ややAラインぽい服の裾近くまでだらりと下がっていた。

いずれ麒麟さまの捧げものになるのだからと、麒麟について叩き込まれた明歩は、その流れで古代中国の文化にも詳しいので、唐代の交領衫、その中でも大衿という装束に見える。

……それなのに、顔は麒麟。

後ずさるように身を起こした明歩は、自分が大きなベッドに寝かされていたと知った。

うわっ……こ、これ……牀じゃない……？

天蓋付きベッドというのがいちばん近いのかもしれないが、古代中国のそれは三方と天井を精密な透かし彫りの板で覆われた部屋、いや、家のような代物だ。上から錦や紗の布が、カーテンのようにふわりと掛けられている。

いや、そんなことより――。

「……きっ、麒麟がいるっ……しかもいっぱい……」

そうなのだ。明歩に声をかけた麒麟だけでなく、室内には他にも同じ麒麟頭が十近く並んでいた。そしてやはり、おのおの中華系の衣装に身を包んでいる。つまり首から下は人体だ。中身を確かめたわけではないから推定だが。

「……だいじょうぶですか？」

麒麟に尋ねられ、明歩は我に返った。

「……日本語じゃないか！」

指を差した明歩に、麒麟たちは怪訝(けげん)そうに顔を見合わた。やがてひとりが遠慮がちに答える。

「今話しているのは、私どもが使う言葉でございます。ふつうに聞こえ、喋(しゃべ)ることができるのはあなたさまがこの世界の泉の水を口にされたからで――」

「は？　なに言ってんの？　会話が成り立ってるってことは日本人だろ？」

そうだよ、マスクの下は人間に決まってる。

おそらくはここまでひっくるめて、『麒麟教』の儀式の演出なのだ。

そうだよ、まだ儀式は終わってないんだ。

明歩は麒麟さまの伴侶となるべく婚姻の儀をしたのだから、その成就(じょうじゅ)の形として、麒麟マスクの人々の中に置かれたのだろう。たぶんマスクを取ったら、見慣れた信者たちなのだ。

火に巻かれたのにやけどひとつ負っていないのは不可解だけれど、もしかしたらあれも演出のひとつで、けがをしない火だったのかもしれない。マジックネタ的な。

しかしそれならそうと、事前に言ってくれてもよかったのではないか。明歩は死ぬかと思ったのだ。そう思うと、麒麟マスクが並んでいるのが腹立たしくなってきて、明歩は手近にいた麒麟のひげを引っ張った。

「痛っ……お、お離しください！」

「ん？　うわ、なにこの感触。超リアル。よくできてんなー」

ひげの突っ張り具合が、いかにもな弾力を伝えてきたので、ついでに反対の手で麒麟の頬をつねる。鱗の出来栄えも敵ながらあっぱれというか、素晴らしい。一度だけ行った爬虫類カフェで、ヘビやトカゲを触ったことがあるけれど、あんな感じだ。心なしか体温まで伝わってくるような——。

「……え？　え？　ええっ？　……本物!?」

琥珀色の目はガラス玉のように透き通っていて、明歩は麒麟の頬を両手で挟んだまましげしげと見入ってしまう。そこに自分が映っているのがわかって、これまでに知るどんな生き物のものとも違う目の持ち主は、本当に生きているのだと実感した。

しかしそれならそれで、新たな疑問が湧き上がるわけで——。

「ご、後生でございます。どうか手荒なことは……」

しわがれた声と古風な言い回しに目を向けると、麒麟頭のひとりが両手を擦り合わせるようにして懇願していた。着物風の服の上に、袖なしの長い羽織のようなものを重ねている。ちょっと豪華に見えたし、年配者っぽかったので、この場の責任者かと当たりをつけて、明歩は尋ねた。

「ここ、どこですか？　あなたたちは？　俺、なんでここにいるんですか？」

矢継ぎ早の質問に、老麒麟は狼狽えたように両手を宙に泳がせた。

「ここは方壺の浪玉宮でございます。わたくしは殿中省監の勒庸と申す者」

「……ほうこ……？　でんちゅう……」

聞き慣れない単語が連発されて、逆に混乱する。

「あなたさまは城の東の泉の畔に倒れていらした。それをこちらにお運びいたしたのでございます」

「……それは……お世話になりました……」

つまり明歩は、どうしたことか神事の場から、このどこともはっきりしない方壷というところへトリップしたらしい。

明歩はごくりと唾を飲む。

それって……儀式が成功したってこと？　だって、ここにいるのは麒麟だし。首から下は人間みたいだけど。

婚姻の儀が成就したなら、明歩と麒麟の婚姻も成立したことになる。

「……うわああっ！」

頭を掻きむしって叫んだ明歩に、周りの麒麟たちがどよめいた。

「お、お気をたしかに！」

「誰か薬師を！」

そうじゃん！　成功しちゃったんだよ！　絶対インチキだと思ってたのに！　父さん母さん、ばかにしててごめん！　お詫びとして、役目はしっかり果たすから！

役目とはすなわち、伴侶となる麒麟に尽くし、相手との間に子を生すこと。

どういうわけか、逃げるとか全否定するとかは考えつかなかった。触れた麒麟の顔は、間違いなく生き物のそれだったたし、室内の様子もドラマセット的なチープさは微塵もなく、もはや疑う余地がない。それなら明歩がとるべき行動もひとつだった。

はたと明歩が動きを止めると、あたふたしていた麒麟たちも硬直して固唾を吞む。

「あの！」

「は、はいいっ？」

「俺、水瀬明歩です！　捧げものです！　神事で婚姻の儀をしたので、その相手とこれから――」

明歩はそう宣言し、改めて麒麟たちを見回した。

……ええと、それで……相手は誰……？

そもそも神事を疑わしく思っていたので、当然その後のことなんて考えていなかった。なにひとつこれまでと変わりません、『麒麟教』なんて嘘っぱちでした、というオチ以外想像していなかったから、結婚相手の麒麟とどうするかなんてプランもあるはずがない。

だいたい麒麟が複数いるのも想定していなかった。先ほどの勒庸の話によると、ここは麒麟の国のようで、いったい総勢どれだけになるのか。そんなに多かったら、神さまとしてのありがたみも薄れはしないか。

……まあ、誰でもいいけど。みんな同じ顔に見えるから、がっかりすることもなさそうだし。

「よりによって、なぜこんな能天気な男なんだ……」

ふいに麒麟たちの向こうから声が聞こえた。なかなかの美声で、そこから想像するなら三十歳前後のイケメンだが、この場合は麒麟だろう。

そう思いながら明歩が首を伸ばすと、やはりそこには麒麟がいた。細かな透かし彫りの柵がついた出窓の桟に座って片膝を立て、物憂げに頬杖をついている。

交領衫の丈は膝下で、袖なしの上着のような直領半臂を重ね、幅の太い錦の帯を締めている。衫の下には、床に届く長さのヒラヒラしたスカートのような袴を穿いているようだ。

一見して他の麒麟とは比べものにならないほど豪奢な出で立ちだったが、なにより明歩の目を引いたのは、麒麟の顔が赤かったことだ。

「炎駒……⁉」

明歩の声に、窓辺の麒麟はこちらに顔を向けた。

一般に麒麟は黄色と言われている。『麒麟教』の麒麟像が金ぴかだったのも、そのせいだろう。しかし青、赤、白、黒もいるという説もあって、赤い麒麟を炎駒という。

「……ほう、詳しいな」

炎駒は窓から下りると、ゆっくりとこちらに近づいてきた。他の麒麟たちが一斉に道を開ける。背が高い。角が伸びている分、みな嵩高いのだけれど、炎駒は格別だ。どうりで建物の天井も高いはずだと、明歩は納得した。

炎駒は寝台のそばまで来ると、明歩を見下ろした。

「そちらからのコンタクトはことごとく撥ねつけていたはずだが？　それを押し切って乗り込んでくるとは、どういう了見だ？」

　コンタクトって……。

　時代がかった勒庸の言葉づかいと違って、思わず笑いそうになったけれど、話しやすくていい。

「どう、って言われても。俺も本当に成功するとは思ってなかったし。そっちが呼んでくれたんじゃないの？」

「まさか。わざわざあの場に念を飛ばし、炎に潜んで監視していたんだぞ。それをおまえが……己の一部を潜り込ませてくるから。よくもそんな手段を知っていたものだ」

「俺の一部……？　手段って、なんの話？」

「白を切るな。炎に体液を混ぜただろう」

　そう言われて、明歩は神事の様子を思い出した。

　婚姻の儀式は『麒麟教』本部——といっても支部はない——内の社で行われた。明歩のお宮参りも行われた因縁ある場所だ。今の状況を鑑みるに、神主の時津はイカサマどころかなんらかの能力があったのではないかと思えてくる、マジで。

　炎に巻かれたのを思い出して身震いすると、

「炎からは守ったはずだ。やけどなどしていない」

　静かな声が聞こえて、明歩ははっとして炎駒に目を向ける。相変わらず睨むような顔なのに、

その声には不思議と宥められる気がした。実際、明歩の身体のどこにも火に炙られた痕跡はない。記憶が錯覚させただけだ。

それに――炎の中で明歩をすっぽりと包んでくれたのは、紅蓮の鱗を持つ龍だと思っていたが、もしかしたらこの炎駒だったのだろうか。

「あ……ああ、そうだね。守ってくれたんだ、ありがと。それで――なんだっけ？　体液を混ぜたって？　やだな、やってないって。お神酒は噴きかけた――」

「そこにおまえの唾液が混じっていた」

明歩は思わず口を手で覆った。口に含んでから噴きつけたのだから、それはまあ唾が混じることもあるだろう。しかし微量だ。

「……え？　え？　だって、噴いたにしてもお社の中の火だよ？　なんで――」

明歩の疑問を、炎駒は忌々しげに遮った。

「言っただろう、あの火の中に潜んでいたと。私の念におまえの唾が張りついたんだ！」

そのせいで、明歩本体までが引きずられたということだろうか。とにかく明歩の唾が先乗りして、麒麟界に飛び込んだらしい。

「……すげー。そういうからくりだったわけ？　まあ、来ちゃったもんはしょうがないだろ。実際に麒麟の世界があって、結婚の名目で来た以上は、俺も当初の目的を果たそうと思って。他にすることもないし」

心なしか炎駒の顔が赤みを増したように見えた。握り拳が小刻みに揺れているようで、もしかして怒っているのだろうか。

「いいじゃん、べつに。人間界では麒麟を崇め奉ってる一部がいるんだよ。俺は——信じてなかったけど、今は信じてる。少なくとも存在は。ま、お供え物だと思って、受け取ってくれたら幸いです。で、その結婚相手だけど、どこ——」

「我らが王、焔凌さまにございます」

勒庸を始めとする麒麟たちが恭しく頭を垂れて、炎駒のほうを向く。

「焔凌……って、王さまなの？　ここの？　すげー、じゃなくて！　俺の結婚相手!?　男だろ？　なんで!?」

勒庸が困惑したようにひげを萎れさせる。

「なんで、とおっしゃられましても……そちらの世界と交信が可能なのは、焔凌さまのみでございますれば」

明歩がちらりと視線を移すと、焔凌は極めて不本意そうな仏頂面をしていた。いや、他の麒麟と大差があるわけではないが、なんとなく雰囲気で。

「えー、そうなんだ。じゃあ、俺が嫁ってこと？　まあ、しょうがないか」

「なぜ納得する!?　ありえない話だろう？」

食ってかかった焔凌に、明歩は両手でガードをする。やはり生身のドラゴンフェイスに詰め寄られると、ちょっとビビる。

「あ、ありえないかもしれなくてもさ――」

それでも明歩は言い返した。なんとなくだけれど、相手が自分に害はなさないと感じたのだ。

それはこれまでに麒麟について人並み以上に調べてきて、その性質が温和で優しく、虫や植物ですら殺生を厭うと知っていたからではない。そもそもそんな知識なんてあまり役に立ちそうもないと、獣頭人身の麒麟と遭遇して思い知ったばかりだ。

それでもなぜかだいじょうぶだと、根拠もなくそう思った。

「実際にこうなってるんだから、なにか意味はあるんじゃない？　やるだけやってみようよ」

焰凌はぽかんと明歩を見つめた。

「わ……すごいきれい。宝石みたい」

赤い麒麟の焰凌は、透き通るような赤い双眸をしていた。よほど近づかないと光の反射でわからなかったけれど、透明でありながら深い赤だ。

それに鬣が鮮やかな五色に彩られている。他の麒麟の鬣も単色ではないのだが、焰凌ほど色合いがはっきりしていない。

なんてゴージャスで美しい生き物なのだろうと、明歩は改めて思った。麒麟を奉ろうと思った『麒麟教』の信者の気持ちも、ちょっとだけわかる。

「……勝手にしろ」

焔淩はふいと踵を返すと、鬣を靡かせて部屋を出ていった。


夕餉を終えて自室に戻った焔淩は、小姓の鳶子の手を借りて夜着に着替えた。

白絹の深衣の帯を結び終えて、一歩下がって礼をした鳶子を、焔淩は呼び止める。

「あれは……どうしている？」

「明歩さまでしょうか？　お部屋にお戻りと思いますが……お呼びいたしましょうか？」

焔淩は慌てて首を振った。

「いい。これ以上無駄話につきあわされるのは願い下げだ」

鳶子はおかしそうに笑う。

「とても明るくて利発な方でいらっしゃいますね。顔をつねられたときは、どうなるものかと思いましたが」

寝起きの明歩にひげを引っ張られ、頰をつねられるという被害を被ったのが、ここにいる鳶子だった。

「明るいだと？　ああいうのを能天気というのだ。それに利発だなどと」

「麒麟のことをよくご存じではございませんか。まあ……多少の誤解もあるようでしたが」

ふん、と焔淩は鼻を鳴らす。

その昔、焔淩の祖先にあたる麒麟の王は、人間界にもたびたび降り立っていた。言うなれば敵情視察だ。能力の差は歴然としていたが、やたら数が多い人間どもを警戒しておくに越したことはなかった。

多少なりとも人間と関わった麒麟もいて、それが今日まで人間界に麒麟という存在が認識されている。神話の生き物、瑞獣（ずいじゅう）として。

人間界を訪れることがなくなって久しいが、最近になってごくごく一部がやたらと麒麟を持ち上げまくり、崇め奉っているという情報は入手していた。パトロールを欠かさないのは、王として当然のことだ。

麒麟の王たる焔淩だけが、水や鏡を介して人間界の様子を窺（うかが）うことができるのだが、その一団は熱心に麒麟とのコンタクトを図ろうとしてきた。わけのわからない呪文を唱えてみたり、奇声を発したり、踊ってみたり。そんな光景に出くわすたびに、焔淩はうんざりしたものだ。

ちなみにそれらの行動は、麒麟に向けたとっておきの情報発信だったらしいが、そんなことをしなくても、多少強い念を発すれば、それをキャッチするくらいの能力は焔淩にある。

だから妙なアクションを取っているとき以外の彼らの様子も知っていた。信仰心がないわけではないのだろう。しかし利益ありきの信心で、麒麟を崇め奉れば運気が上がり、金運にも恵まれるというような、他力本願で欲にまみれたものだった。

そんな邪念たっぷりの信仰心がエキサイトして、ついには麒麟の伴侶を供える――彼らが言うところの婚姻の儀を計画していると知ったときには、呆れて成り行きを見守る気も失せた。

麒麟神の伴侶として差し出せば、その人間も神と同等の存在になり、ひいてはその身内も神と縁続きになるなどと……お手軽すぎる思考回路ではないか。

しかしいざ実際に婚姻の儀なるものが執り行われると知ると気になって、焔凌はその場に念を飛ばした。炎の中に潜んで様子を窺っていた。

計画当初に赤子だった人間は、年若い青年になっていた。それにも焔凌は驚愕した。結婚相手として差し出すなら、そこは乙女ではないのか。

まあ男だろうと女だろうと、受け取る気は毛頭なかったので、さっさと終了してしまえばいいと、片手間に監視していたところ、突然炎の中に青年の一部が飛び込んできた。

そのときのことを思い出して、焔凌は深いため息をついた。

返す返すも想定外だったのだ。作法だとか儀式だとか言いながら、毎度妙なオリジナルの行動をするだけの連中だったので、あそこで的を射るとは思いもしなかった。

焔凌は慌てて念を引っ込めようとしたが、続けて青年本体が炎の中に引きずられてきたので、反射的にその身を守った。炎の影響から逃れたところで、必死に青年を引き剝がして戻ってきたのだが、この世に異物を持ち込んでしまったことには、薄々感づいていた。

案の定、ほどなくして宮殿内が騒がしくなった。妙な顔をした怪物が宮城東の泉に倒れていると注進があり、焔凌は頭を抱えた。

しかし放置するわけにもいかず、異界からの侵入者であるが素性はわかっているので、なにも案ずることはないと説明した。

それをどう解釈したのか、勒庸ら殿中省の者たちは賓客扱いで明歩をもてなしている。明歩が結婚相手だと口走ってからは、一部はそれを信じてしまったきらいもある。

「お飲み物はこちらに用意してございます。それではおやすみなさいませ」

「ああ、ご苦労」

焔凌は寝台に腰を下ろして、紫檀の卓から玻璃の杯を取り上げた。金木犀の香りをつけた冷たいお茶を口にして、何度目かのため息をつく。

それにしても、どうしたものか……。

どうするもなにも、追い返す一択だろう。ここは麒麟の世界だ。人間が住む場所ではない。過去には青龍や白虎、朱雀などと互いに行き来していた時期もあったが、同族同士で棲み分けするのが最良と結論づけて久しい。

よって、捧げものだろうとなんだろうと、異分子でしかない明歩をとどまらせるわけにはいかない。ましてや結婚なんて論外だ。

まだ独身ではあるが、焔凌も王として後宮を持つ立場だ。なにが悲しくて人間の男を娶らなければならないのか。

捧げものとして届いてしまったが、まだ受け取ってはない。今ならまだ間に合う。人間界にもたしかクーリングオフという制度があったはずだ。

焔凌はそう自分に言い聞かせて、杯を干した。

杯を置くのと同時に、扉を叩く音がした。

おかしな真似をすると、焔凌は首を傾げる。入室の際は名乗るのが常だ。

「鳶子か？　入れ」

「おじゃましまーす」

姿を現したのは明歩だった。焔凌と同じく夜着用の深衣を纏っているが、着慣れないせいかすでに着崩れている。

「なっ、なんの用だ？　用があるなら使いを呼べ！」

「召使いを呼んでも意味ないだろ。用があるのは王さま」

「明日にしろ。もう休むところだ。おまえも自分の部屋で――」

「いいじゃん、嫁なんだから。それよりさ――」

明歩はずかずかと入ってきて、あろうことか寝台にぴょんと座った。

嫁ではない！　と否定するのも忘れて、焔凌は隣に座る明歩を見つめる。

……近い。近すぎる……。

気のせいか体温まで感じられるような気がする。どこもかしこもつるっとしていて、ちょっと引っ掻いたら血肉が現れそうだ。

「あー、もう興奮してて眠れそうにないよ」

「こ、興奮っ？」

ぎょっとした焔凌に、明歩は寝台に両手をついて向き直る。

「だって！　全然違った。俺が知ってる麒麟は、首から下も馬みたいな感じだもん。鱗で覆われてて蹄があって、ふさふさの尻尾もあって。それが人間と同じ身体だなんて、びっくり。ねえ、どうしてそんなふうに伝わったんだろう？」

明歩は顔が小さいわりに目が大きい。それでじっと見つめられると、なんだかたじろいでしまう。人間界の様子は折に触れて覗いていたけれど、直接関わるのは明歩が初めてだ。

「……違うこともない。おまえが知るその姿にもなれる」

「マジで⁉　見たい！」

目を輝かせる明歩に、つい見入ってしまった焔凌は、我に返ってかぶりを振った。

「だめだ。非常時以外に獣型はとらない。身分が高いほど、その姿は人目に晒(さら)さないものだ」

「えー、けちくさい」

唇を尖(とが)らせる明歩に、焔凌は血相を変える。

「臭いとはなんだ！　先ほど湯あみをしたばかりで――」

反論しつつも気になって、袖の匂いを嗅(か)いでいると、明歩の手が肩を揺らした。

「うわあっ、なにをする！」

麒麟は基本、相手の身体には触れない。例外は閨くらいで、あとはそんなことすらかまっていられない非常時、つまり戦闘時だ。

寝台に脚を上げて後ずさる焔凌に、明歩はかまわず迫ってくる。

「あとさ、麒麟って仁の生き物とか言って、殺生とか流血とかがだめだって聞いてたんだけど。夕食、ふつうに肉とか出てたよね？　王さまもむしゃむしゃ食べてた」

そんなにがっついてはいなかったつもりだけれど。というよりも、まともに食事が喉を通る状態ではなかった。明歩が同席する食卓が異質すぎて。

まあ人間にしてみれば、ドラゴンフェイスの生き物が飲み食いしていれば、豪快に貪り食っているように見えるのかもしれない。

「……肉も食べる。人間界では神聖視されているようだが、ふつうの生き物と同じだと考えていい――なんだってそう迫ってくるんだ！」

すでに牀の壁際まで追い詰められてしまっているというのに、明歩はまったく意に介さず、焔凌の立てた膝を摑んで、脚の間に身を乗り出してくる。

「えっと、それから――」

その状態で小半時、質疑応答をさせられた。実際、人間がイメージする麒麟と現実のそれは相反するところも多かったから、無駄に知識を得ていた明歩としては、不思議に思うことばかりだったのだろう。

それにしても……臆さないものだな。むしろ楽しそうにすら見える。

幼いころから麒麟の捧げものになると言い聞かされて育ってきたのだろうから、洗脳状態なのかもしれない。だからこそ、麒麟との結婚なんてばかばかしい儀式にも参加したのだろう。

そう、つまり刷り込みなのだ。

「――そっかあ……」

明歩はようやく満足したとばかりに、笑顔で息をついた。

「これでいいか？　さあ、夜も更けた。おまえも突然のことで疲れただろう。そろそろ部屋に戻って――」

明歩を寝台から下ろそうと手を伸ばしたところが、その手を摑まれ、突進される。不意を突かれて呆気なくひっくり返った焔湊の腰に、明歩が乗り上げた。

「なにをしている！」

「なにって、これからが本番だろ。初夜だよ、初夜」

「しょっ……」

絶句する焔湊に、明歩は上から顔を近づけた。

「俺が嫁入りしたってこと忘れてない？　夫婦になったからには、ちゃんとやることやらないとね。まあ、子どもはできないだろうけどさ、一応形として」

明歩は帯を解き、身体に巻きつける形の深衣を苦労して引っ張る。

「あれ？　どうなってんだ、これ。ああもう、めんどくさい！」

力任せに衿元を開き、潔く豪快に引き下ろした。胸元が露わになり、目を射るほどの白さに、焔凌の視線が釘付けになる。

それに気づいたのか、明歩が平らな胸を下から押し上げるようにした。微妙に、本当にわずかに膨らみができた。そのかすかな隆起の、なんと柔らかそうに見えることか。

「ごめんね、しょせん男だから、おっぱいないけど」

「……そんなものはいらん……」

「あれ？　ほんと？　よかったー。ていうか王さま、もしかしてそっち系？」

そっちというのがどこを指すのかわからなかったが、焔凌は拳を握って訴えた。

「必要なのは愛だろう⁉　ここに愛はあるのか⁉」

それを聞いて、明歩ははっとしたように焔凌を見つめた。

期待どおりの抑止力となったことに、焔凌は内心快哉を叫ぶ。だてにちょくちょく人間界を覗いていたわけではないのだ。彼らの考え方を知るために、さまざまな情報も集めた。

現代の結婚は、家同士や力関係などでなく、ほとんどが互いを好き合って成就するらしい。すなわち愛だ。

若者のひとりである明歩も、焔凌の言葉で我に返ったのだろう。洗脳が解けたとでもいうか。

愛のない結婚なんてありえないと、ようやく気づいたに違いない。

しかし――。

「愛、って……」

あろうことか、明歩は鼻で笑った。小ばかにするように。

そして改めて焔凌の腰を太腿（ふともも）で挟む。ほぼはだけてしまっているので、ナマ脚が露わになっているし、もうちょっと布がずれたら、股間まで見えそうだ。

「なくてもエッチはできるよね？　むしろ問題は男同士だってことじゃないの？　それは気にならない？　そういえば、おっぱいもいらないって言ってたね。それならよかった」

明歩の手が焔凌の深衣の帯を解く。

「よせっ……！」

「動くな！　ＤＶで訴えるからな」

払いのけようとした焔凌の手を、明歩がすかさず摑む。何度も言うようだが、閨房（けいぼう）以外での接触に慣れていない焔凌は、戸惑いのままに動きを止めた。

いや、この状況はすでに寝所のようなものか。実際寝所だし、こいつはその気のようだし。ところで、でぃぶいとはなんだ？

「そうそう、おとなしくしてて。こっちも予定変更で戸惑ってるんだからさ。でも男同士なら、逆になんとかなるかも――」

するりと深衣の隙間に潜り込んできた手が、焔凌の雄を握る。その躊躇のなさに、焔凌は驚きながらも引き続き固まった。

「うわ、でかっ！　でもマジで首から下は人間と同じなんだ？　ＯＫ、これならだいじょうぶ。俺ＤＴなんで、念のためにハウツー本は嫌ってほど読んできたんだけど、チンコなら自分ので扱い慣れてるから」

でぃてぃ？　俗語はすぐ変化するので難しい。

混乱する焔凌に引き替え、明歩はずいぶんとリラックスして、手を動かし始めた。深衣の前を開かれ、すっかり素肌を晒されてしまっている。

「あ、硬くなってきた。ちょっと、ちょっと、どこまで大きくなるの？」

なんという恥辱……！

方壷の王として君臨して以来、こんな辱めを受けたのは初めてだと、焔凌は顔を両手で覆った。

「本の中にゲイカップルのエッチの仕方もあって、ついでに読んだけど、まさかそっちが重要だったなんて、世の中どうなるかわかんないもんだねー」

明歩は笑い声を洩らしたが、その声がどことなく湿っぽく聞こえて、焔凌は指の隙間から視線を向けた。

うっ……？

とたんに全身の血が騒ぐのを感じた。

明歩は焔凌の怒張を握って擦り立てていたが、やはり息が上がっている。頬も上気して、わずかに目も潤んでいた。小刻みに動く間に深衣が肩からずり落ち、もはや腰回りをかろうじて覆うだけだ。

……いや、隠れてない！

あえて自ら露出したのか、それとも形状の変化に伴って自ずと布を掻き分けることになったのかは不明だが、滑らかな肢体に見合った男のしるしが、伸びやかに天を突いていた。

我知らず顔から手が離れ、ガン見状態になっていたのを、気づいた明歩が照れくさそうに微笑む。

「本を見たときは絶対勃たないと思ってたのに、実際やってみるとけっこうクるもんだね」

すっと明歩の手が伸びて、焔凌の手を摑むと、自分のものに導く。

「王さまも触って……？」

いや、無理！ と思ったのに、己の意に反して焔凌は明歩のものを握っていた。初めて触れる自分以外の雄は、心地よく温かくてなめらかで、生命の息吹を感じさせる。

「あ、あっ……」

明歩は焔凌のものを握りしめたまま、膝の上で腰を揺らした。手の中でビクビクと跳ねるそれに、不思議な愛らしさを覚える。

……ああ。あのときと似ているな。

炎の中に念を潜ませて、酒を噴きつけられたときも、それに混じっていた唾液に潑剌とした生命力を感じて、一瞬身を引くのが遅れたのだ。

そのせいで、明歩をこの世界に引き込むことになってしまった。ふだんなら、決してそこまで油断したりしない。

ということは、やはりなるべくしてなったということなのだろうか？　こいつの言うとおりに
――……!?

「な、なにをしている!?」

香油の匂いに思考を途切れさせると、明歩は片手を後ろに回して低く唸っていた。明歩の膝のそばに香油の瓶が転がっていて、深衣にじわじわと染み込んでいる。

「なにって……準備に決まってる、だろ……」

後ろに持っていっていた手を瓶に伸ばして、香油を掬う。芳香を放つ指が、燭台の灯りに濡れ濡れと光った。

そこまで言われれば、焔凌にも察しがつく。明歩は片手で焔凌を煽りつつ、もう一方の手で己の後方を緩めていたのだろう。

本気か……？　本当にそこまでするつもりでいるのか。

「ばかなことを……」

焔凌がそう呟くと、明歩はむっとしたように眉を寄せた。

「やらないほうが大ごとだろ。流血沙汰なんでごめんだからな。あ、それとも王さまがしてくれ

るって意味？」

「は……？」

訝しむ焔凌の目の前で、膝から降りた明歩が牀の壁に寄り掛かるようにして、膝を立て脚を開いた。焔凌は何度目かの硬直に見舞われる。

白くなめらかな身体の中心で、別の生き物のように雄が小刻みに震え、さらにその下方で濡れた小さな窄まりが息づいている。

「まだ慣らし足りないと思うんだよね。指二本入るかどうか——」

明歩の指がそこを弄ると、赤い粘膜が見え隠れした。

……けっ、けしからんっ！

「いい加減にしろ！」

鼻息も荒く踊りかかった焔凌は、明歩を褥に組み敷くと、柔らかな首筋に牙を立てた。

「く、食われるーっ！」

「食ってほしくて迫ったんだろう。今さら怯むのか？」

まったくなんて厄介な人間だろう。焔凌を王とも思わないし、自分のしたいようにしか動かないし、それも覚悟の上のこととも思えない。そう、流されるまま、あるいは人間界で言うところのノリと勢いで、ここまで来てしまったように見える。

だからこそ焔凌も、一刻も早く元の世界に戻そうと考えていたのに、その気も知らずに安易に人をたぶらかすような真似をして――。

「……うっ……」

明歩の呻きに、焰凌は目を開く。眼前にはささやかな乳首がほの赤く色づいていた。思いきり尖っているようだが、口元が緩んでしまうほど小さく可愛らしい。

考えるより先に舌を伸ばしていた。

「ひゃあっ……そっ、それ、刺激強すぎ――うえっ!? 舌、長っ!」

乳暈ごと小さな乳首に巻きついて、思いきり絞り上げると、明歩は仰け反って声を上げた。女人を相手にするほどの手応えはないが、感度はいいらしい。

「だめっ、気持ちよすぎる！　俺なんかが乳首でいくのはまだ早いと思いますっ！　ていうか、さっさと先に進んで！」

色気のないセリフに、焰凌は苦笑しながらも少しだけ自分のペースを取り戻した。先ほどの淫婦のような振る舞いは、単なる偶然だったのだろう。

そうだ。この私が、人間のガキに振り回されるなど、あるはずがない。

そう思うと、今度は少しくらい明歩を狼狽えさせたくなって、両膝を押し上げて脚の間に顔を伏せた。香油の香り立つそこに、舌を這わせる。とたんに明歩の身体が、釣り上げられた魚のように捩れた。

「あひっ、そこは……いや、そこでいいんだけど、あっ……し、舌じゃなくて指っ……指でいいから！」

「このほうが傷つけずに済む。流血沙汰は嫌なんだろう？」

香油を舐め取る勢いで撫で回し、窄まりにそろりと舌を捻じ込んだ。

「……うっ……あ、あっ……指より太いし、長いし……っ……」

明歩が訴えるとおり、麒麟の舌は人間のそれと比べるべくもない。

脚をジタバタさせていた明歩だったが、次第にそれが静まって、代わりに腰が妖しくくねり出した。屹立したままの性器からも止めどなく蜜が溢れ出して、絶えず脈打っている。

「効いてきたか」

焔凌が顔を上げると、明歩はとろんとした目で見返してきた。

「……な、なにが……？」

「麒麟の唾液には催淫作用があるという。もっとも同族には効果がないから、眉唾だったのだが、そうでもないらしいな」

「盛ったのか!? 初めてのエッチでクスリをキメるなんて、ああ、俺って不良！」

ひとしきり喚く明歩を見ながら、それ以前に問題は山積みだろうと、焔凌は思った。

「とにかく、なにをしても気持ちいいってことだね？ よし、それなら本番行こう！」

明歩はがばりと起き上ると、焔凌を突き飛ばしてひっくり返し、その身体を跨いで無造作に怒張を摑んだ。

「嫁だから、末永くよろしく」

やはりこいつは色気がない、と思った次の瞬間、下肢が甘い感触に包まれた。

「……あ、ああ……あっ……」

白い身体を仰け反らせる明歩を見上げながら、徐々にきつく締めつけられていく快感に、焔凌の理性が焼き切れる。

「すごっ……」

すごいのはおまえだ。なんなんだ、この身体は。

王の倣いとして後宮を持ち、そこに美姫をはべらす焔凌は、自慢ではないが交わった相手も数知れず。それが人間の男に性的に翻弄されるなんて。

「あっ、あんっ、……き、気持ちいっ……すごい、王さまの唾……」

「それは媒体だっ……今、機能しているのは私の摩羅だろうがっ……」

互いにすごいと言いながらも、あまり褒めている感じがなく、むしろ小憎らしいような悔しいような。しかし突き放して終了する気にはとてもなれない。

貪るという言葉が似合うような交わりの果てに、明歩は精を放った。そのときになって、彼が男だったことを思い出し、屹立を放置したままだったと気づく。つまり焔凌に尻を犯されて達したということなのだと思うと、不思議と愛しいような気持ちが湧き上がった。

そのまま激しく突き上げて、焔凌もまた明歩の中に射精した。ぐったりしていたはずの明歩が、とたんに激しく身悶える。

「やっ、なに……⁉　なんで⁉」

……ああ、そういえば、唾液だけでなく精液も媚薬の役割を果たすとかなんとか……。

明歩にしがみつかれた焔凌は、その身体を抱き返して、勢いよく身を起こした。膝の上に乗せた明歩を、思うさま揺さぶって突き上げる。

華奢なくせに柔軟な身体は、焔凌がどんな形に組み敷こうと、ぴたりと寄り添うように張りついてきて、むしろおおらかに焔凌を包み込み、甘く狂おしく締めつけてくる。

房事など王の義務くらいにしか考えていなかった焔凌は、こんなふうに相手を夢中で貪ったことなどなかった。そんな自分を意識する余裕すらないくらいに、明歩との行為にのめり込み、いったい何度その身体で果てたことか――。

「……あー、エッチって疲れるねえ……」

揃って褥に身体を投げ出し、傍らの明歩の呟きを耳にしたとたん、焔凌はようやく我に返った。

……私としたことが……なんということを……っ……。

一時の快楽に惑わされて、とんでもないことをしでかしてしまった。

「どうしたの？」

低く唸る焔凌に気づいて、明歩が向き直る。

「……契ってしまった以上、後戻りはできない。おまえを皇后として正式に公表する」

焔凌としては予定外で、苦渋の決断だったのだが、明歩はさして驚いた様子もなく、きょとんとこちらを見つめた。

「あっそ」

「あっそって、おまえ……」

「だってもうとっくに嫁になるって言ったじゃん、俺。今さらだなあ」

「それだ！」

焔凌は興奮して指を突きつけた。

「おまえが先にそんなふうに言挙げをして、行為に及んだから……言動の一致で夫婦の契りが成立してしまったんだ！」

明歩はつかの間首を傾げていたが、合点がいったのか頷く。

「ああ、そういうこと。なるほどね。だから今まで王さまとエッチした人たちは、奥さんにならなかったわけか」

どこまでものんきな明歩に、焔凌は額に手を当てた。

「……それでいいのか？　皇后となれば、おいそれと人間界に戻ることは叶わなくなるぞ」

「えー？　いや、べつに……俺が帰っても、向こうも困るだろうし。俺も特に帰りたいとも思わないし。ていうか、結婚が成立したなら新婚だよね？　初夜を済ませたばかりのアツアツだよね？　そこでする話？」

それはおまえに自覚があるように見えないからだ、と胸の中で返す。言ってもあまり響かないような気がするのは、証明済みだ。

「本当にわかっているのか」

それでもつい洩らすと、明歩は言い返してきた。

「わかんないよ、来たばかりの世界のことだもん。でも、覚えるつもりではいる。だから王さまも面倒くさがらないで教えてよ。あ、そうだ。王さまって呼んでていいの？　旦那さまとか、ダーリンとか」

「……名前でいい。おまえに王さまと言われると、すごく軽い感じがする」

「軽んじてはいないけど。ま、王さまみたいなポジションの人に呼びかける機会なんて、今までなかったからね。あ、俺も呼び捨てでいいよ。で、お妃さまの俺は、とりあえずこれからなにをすればいいの？」

まったく状況を理解していなくてのんきそのものに見えたのに、必要な情報はちゃんと仕入れようとしている明歩に気づいて、焔凌は意外に思った。

「いや……特にこれといってないな。妃の務めは王に尽くし――……」

そこで焔凌は言葉を途切れさせた。続きを明歩に聞かせるのは、酷な気がしたのだ。しかし明歩は後を引き継ぐ。

「子どもを産め？」

「いや、男子のおまえにそれは望まない」

「気をつかわなくていいよ。ていうか、望まれても無理だし」

「……それはそうだ。しかし言いにくいのだが、子作りの行為は応じてもらう。できれば毎日、少なくとも数日おきに」

子を生さないのにそれに意味があるのかと言われたら、返す言葉もないが、おそらく拒んでも身体が互いを求め合う。夫婦の契りとはそういうものだ。

明歩もそうなるだろうし、王の焔凌といえども抗えない。納得しておいてもらわないと、手荒な行動に出てしまわないとも限らない。そんなことになって、明歩の心身を傷つけることは避けたい。

——というようなもろもろの感情を含んで伝えたのだが、明歩の返事は実にあっさり、あっけらかんとしたものだった。

「んー、疲れるけど、気持ちよかったからいいよ」

焔凌は呆然と明歩を見つめた。

……人間とは、なんてドライな……。

麒麟の王たる焔凌の居城は、浪玉宮という広大なものだった。一応敷地を区切る城壁が巡らされているそうだが、明歩はまだそれを見たことがない。

築山に上って背伸びをすると、瑠璃色の屋根瓦がはるか遠くまで連なっている。その間にこんもりと樹木が茂った場所もあれば、池や小川、小さな滝まであった。

「お城っていうよりも、街ひとつ、みたいな……」

今日は明歩が寝起きしている内殿を出て、鳶子に城内を案内してもらっていた。

小姓の鳶子は、焔凌のオフタイムの身の回りの世話をする係だ。話していると、なんとなく同世代の感じがする。

皇后となった明歩にも、本来ならば複数の侍女――明歩が男なので、この場合は小姓――がつくはずだったが、特に他人の手を借りなければならないようなこともそうないので、必要なときは鳶子に頼むことにした。

実際、手伝ってもらうことといったら、着替えくらいだ。

この世界での男子服は、長着にヒラヒラのワイドパンツのような袴を重ねる。長着は着物のように左右の衿を重ねる衫や、丸衿の肩口で紐を結ぶ袍などさまざまだ。それを幅広の帯で締めるのだが、明歩の感覚的にはほぼロングドレスを纏っているようなもので、非常に動きにくい。慣れない場所で、足元が見えないのは不便だ。

ということで、袍を短めにして細身の袴を合わせ、長靴を履いている。

それぞれの建物を繫ぐ渡り廊下からは、花が咲き乱れる庭園が見える。床板の下を水路が通っていることもあった。

「あっ、魚が跳ねた」

廊下の手すりから身を乗り出すと、清流の中を色鮮やかな鯉が滑るように泳いでいった。

「皇后さま、こちらへ」

呼ぶ声に振り返ると、鳶子が渡り廊下の分岐点で立ち止まり、別な方向を示していた。

「そっちは昨日見たよ。音楽堂だろう？　演奏もしてないんじゃ、行ってもしょうがないし。それよりこっち——」

この先はまだ行ったことがない。朱赤に塗られた柱が続く渡り廊下の軒先には、錫の灯籠が列を作るように提げられていて、暗くなってから灯りを点せば、きっと幻想的な景色になると思われた。

はるか先に見える建物の入り口も、青銅の巨大な両扉に瑞雲と牡丹が彫刻された華やかなものだ。豪奢ではあるが頑丈そうで、もしかしたら宝物庫かもしれない。

しかし鳶子は焦ったようにかぶりを振った。

「なりません。皇后さまにはご用のない場所にございます」

「用がない、って……」

それを言ったら浪玉宮の中のほとんどが、明歩には関係がない場所ということになるが、これまで鳶子がこんなに引き止めようとしたことなどなくて、明歩は眉を寄せる。

俺を近づけたくない場所ってことか……？　あっ——。

「後宮だ！　そうだろ？」

言うなり明歩は渡り廊下を駆け出す。

「こ、皇后さまっ……！　お待ちを！」

呼び止める声も聞かず、大扉の前で立ち止まった明歩は、呼び鈴の鐘を鳴らした。息せき切って追いついた鳶子が、扉に背を向けて立ち塞がる。

「どうかお戻りください。後宮は主上のみが立ち入ることを許される場所にございます」

明歩は鳶子の眼前で、立てた人差し指を振った。

「固いなあ。だいたいそんなこと言って、万が一怪しい奴がまぎれ込んでたらどうすんだよ？　文字どおり焰凌が寝首をかかれることになるんだよ」

「えっ、そんな……」

単純にも血相を変えた鳶子に、明歩は押し切るチャンスとばかりに言葉を続けた。

「俺が直々に査察してやるから。なんたって人間だから、特殊能力があるし」

嘘だけど。

そうこうしている間に、扉が内側から開いた。なにしろ焰凌しか訪れない場所だから、呼び鈴が鳴れば開けてしまうらしい。

ちょっとこれは……マジでチェックが必要なんじゃないの？　危機管理能力、イマイチだなあ。

一応女子ばかりの場所ということで、門番らしき女官は明歩と同じように短めの衫に革の帯を締め、袴に長靴を履いていた。腰には彎刀を佩いている。

「あ、初めまして。俺、皇后の明歩です。ちょっと見学させてもらいに来ました」

本来皇后と後宮といえばライバル関係にあるわけで、門番の女官たちは困惑したように顔を見合わせた。

「しかし……」

「なにもしないって。これでも妻だし、旦那がどんなとこで浮気してるか気になるじゃん。でも、持ちつ持たれつの関係だってことも承知だから。あー、なんて言うの？　宅の主人が世話になってます、みたいな？　ご挨拶だよー、深く考えないで」

実際のところ、言うほど理由があって訪れたわけではない。単に後宮という場所を見てみたかっただけだ。

女官たちは躊躇しながらも道を開ける。後ろで鳶子が焦りの声を上げた。

「あ、付き人ひとりいいかな？　男だけど、俺が責任もって間違いは起こさないと約束するから。もしものことがあったときは、宦官にしちゃっていいからさ」

「皇后さまっ！　なんてことを！」

青くなる（たぶん）鳶子を手招きして、奥へと進んだ。

入り口付近を過ぎると、内部は一気に華やかさを増す。廊下の壁は細かな透かし彫りを施して明かり取りの役目も果たし、隙間からさざめく女人たちの声と、甘い香りが洩れる。

「向こうは広間？」

「談話室になっております。日中は女人たちが思い思いに集って、会話や双六（すごろく）に興じたり、楽器を奏でたり」

「ちょっとおじゃましていいかな？　鳶子もおいで」

「はっ？　いえ、わたくしは——皇后さま、お待ちくださいっ！」

広々とした広間は一面が窓になっていて、さんさんと光が降り注いでいる。窓際には鳥籠が吊り下げられて、鮮やかな色の羽をした鳥が、愛らしい鳴き声を響かせていた。

「あ、窓の外は池なんだ。防犯はばっちりって感じだね」

「当然でございます。後宮は堀に囲まれておりますから、出入りできるのは一か所のみとなっております」

女官は自信を持ってそう答えるが、明歩は首を傾げた。

「でも麒麟って変化したら飛べるんだろ？　意味なくない？」

「そんなはしたないこと、誰もいたしません！」

むきになって言い返すあたり、獣型はよほど避けるべきことらしい。禁忌的というか。

いいと思うんだけどね。カッコいいじゃん。その上空まで飛べるってんだから、便利に使えそうだけどな。

「じゃあさ、麒麟以外はどうなの？　青龍や白虎が行き来してたって聞いたよ？　そいつらが忍び込んで、女人を攫ったりする危険は――」

「ありえません」

女官は首を振った。

「主上がお治めになっている方壷でございますよ。ましてや後宮に手を出そうとするなんて」

パワーを比べたら、青龍や白虎のほうが麒麟よりも上のように思うのだが。明歩は鳶子を振り返って尋ねた。

「焔凌って、そんなに強い？」

最初は顔が怖いと思ったけれど、もう慣れた。見た目ほど気性も荒いとは思えない。むしろ明歩の言動にあたふたすることが多いような気がして、これで一国の王なのかと内心思っていたのだ。

「稀代の王でございます。王家にのみ、稀に色の違うお姿が現れますが――」

声を潜める鳶子の言葉を、明歩は途中で引き継いだ。

「知ってるよ。青、赤、白、黒だろ。焔凌は炎駒だよな？　へえ、王さまだけなの？」

「強大な力を持つと言われております」

「具体的には？　十人力？　百人力？」

「比べられるものでは……」

困ったように言葉尻がしぼんだ鳶子を、明歩はそれ以上問い詰めることはしなかった。つまり強いと言われているだけで、実際にそうかどうかは不明なのだろう。

しかし臣下たちが焔凌を敬っているらしいのは、強く伝わってくる。一部、畏怖の念すら抱いているのではないかと思うくらいだけれど、たぶんそれはイメージが先行しているのだろう。炎駒の王は強くておっかないから逆らうな、的な。

てことは、俺ももうちょっとおとなしくしたほうがいいのかな？　呼び捨てだし、焔凌の前を気にしないで歩くし。

一昨日だったか、庭を散歩していたら迷ってしまって、気づいたら建物の窓から焔凌の姿が見えた。つい名を呼んで手を振ると、焔凌は立ち上がって窓辺に出てきたのだが、会議かなにかをしていたらしく、室内では重臣たちが慄いていた。ひそひそと言葉を交わす者もいた。

『ごめん、仕事中に。帰り道がわからなくなっちゃって』

焔凌に道順を教えてもらい、早々に退散したけれど、あれはまずかっただろうか。皇后とはいえ、焔凌を王とも思っていない、とか。

まあ、人間の男だというところですでに異質なので、明歩自身が変わり者扱いされるのはともかく、焔凌のイメージを損なうのは気をつけたほうがいいかもしれない。ヘタレよりは、威厳があって怖いくらいの王さまのほうが、頼もしく感じるだろう。

ふと気づくと室内が静かになっていて、鳥の囀りだけがやけに響いていた。明歩が窓辺で振り返ると、思い思いの場所で過ごしている後宮の女人たちが、じっとこちらを凝視していた。

後宮には美女がわらわら――というのが当然のイメージで、実際そうなのだろうけれど、なんとなく明歩の想像と違う。それは多分に、皆が皆ドラゴンフェイスのせいだろう。

おのおのあでやかな衣装を身に纏っているし、首から下を見れば間違いなくナイスバディなのだが、いかんせん麒麟の顔は強烈だ。

「……あ、いや、皆さんおきれいで……」

そう、後宮に集いし女人なのだから、麒麟の中でもきれいどころが揃っているに違いない。はっきり言って、鳶子とどこが違うのかと思ってしまうけれど。

「あの、俺、明歩といいます。焔凌の妻で、一応皇后って地位になるけど、どうぞよろしく」

ひそひそ声が大きくなる。

「焔凌ですって。主上のことを呼び捨て？」

「なんて変わった顔をしているの」

「しかも男子の皇后ですって」

……はいはい、ご不満はごもっとも。面白くないよね。

後宮の女人たちは、言うなれば焔凌を巡って明歩とはライバル関係に当たるわけだ。ただでさえ敵視するところを、明歩のプロフィールがめちゃくちゃすぎて、腹立たしさも極まれり、というところか。

でもまあ、俺には子どもは産めないからさ。そこは皆さんに利があるわけで――。

そこで明歩ははたと気づいて、鳶子に尋ねる。

「焔凌の子どもは？」

「まだいらっしゃいません」

「えっ、こんな立派な後宮があるのに？　ひとりも？」

思わず女人たちを見回してしまい、悔しげに睨み返される。

ええっ、なんで睨まれるわけ？

焔凌よりよほど迫力を感じて、明歩は鳶子の背中に隠れた。と、そこに、複数の足音が近づいてくる。

「なにをしている」

焔凌が侍従を引きつれて姿を現した。とたんに女人たちが色めき立つ。

「女官が慌てふためいて報告に来たぞ。鳶子、おまえまで」

「も、申しわけございませんっ！」

平謝りの鳶子を、明歩は脇に押しやる。

「俺が無理に頼んだんだよ。鳶子は嫌がってたの」

「そこまでして、なにをしに？　ここは王以外は男子禁制だ」

「ええと……敵情視察……みたいな？　すごいねー、ほんとに後宮って女の人がたくさんいるんだね。全部相手にしてるわけ？」

べつに訊きたいことでもなかったけれど、会話のネタとして尋ねると、焔凌は少し不機嫌そうに明歩を見つめた。このくらいの表情の変化はわかる。まだ焔凌限定だけど。

「……なに？」

焔凌は小さくため息をついた。

「皇后がいたら不要だろう。私は誠実な男だ」

「ええ、マジで？」

そういえば初夜以来、夫婦の営みを毎晩欠かしていないと思い出した。終わって眠ってからも、なんとなく隣に焔凌がいるのは感じていたから、寝所を抜け出して後宮を訪れているとは考えられない。

だとすれば日中しか時間がないわけだが、焔凌が公務を振り切って後宮に行くタイプとも思えなかった。いや、王さまとしては、子作りも重要な任務だろうけれど。

「――じゃなくて、だめじゃん！　みんなにじゃんじゃん子ども産んでもらわなきゃ。誠実どうの言う前に、責任果たさないと――」

「まあ、なんて寛容な皇后さまでしょう！」

女人のひとりが立ち上がって両手を組んだ。

「そのとおりですわ。主上、皇后さまもこうおっしゃることですし、もっと頻繁にお出ましくださいませ」

わらわらと女人たちが焔凌を囲む。途中で押しやられた明歩は、離れた場所からそれを眺めていた。こういうときに、明歩が麒麟の女人だったら眉を吊り上げて憤るところなのかもしれないけれど、嫉妬のしようもない。

それよりも、ドラゴンフェイスが媚を作って焔凌に迫る様子は、なんともシュールだった。首から下が人体なので、いっそう珍妙というか。

焔凌はどうにか女人のスクラムから抜け出すと、明歩の手を引いて出口へ向かった。

「来い」

「えー、せっかく来たのに。まだ広間しか見てないし、彼女たちと話もしたいし」

「後宮は王専用だ。おまえが歩き回ってどうする」

「あ、もしかして俺が浮気するとか思ってる？ ないない、そういう意味で来たんじゃないし。だいたいそんな余力あるわけないって。ほら、俺の代わりに子どもを産んでくれる人たちだろ。一応挨拶っていうか――」

大扉を出て渡り廊下に足を踏み入れたところで、焔凌はようやく歩みを緩めた。後ろを振り返ると、扉の前で鳶子が女官に頭を下げているのが見えた。

明歩が足を止めると、焔凌も立ち止まって明歩を見下ろす。

「後宮の女たちが私の子を産むことはない。これまでもそうしてきたし、今後もそうだ」

「は……？　なに言ってんの？　それじゃ跡継ぎができないだろ――ん……？　そうしてきたって、どういう意味？」

明歩は眉を寄せる。

避妊してきたということだろうか。しかし後宮というシステムを考えた場合、それでは役目を果たさないのではないか。時の統治者の子孫を残すのが最大の目的のはずだ。風俗店じゃないのだから、性欲を発散して終了というわけにはいくまい。

となると……できない、とか……？

できないというのは不能という意味ではない。そうではないのは、明歩自身が嫌というほど知っている。要するに、子種がないのかということだが、ちょっとこれは面と向かって訊きにくいデリケートな問題だ。たとえ夫婦であろうとも。

しかし明歩はずばり訊く。

「子どもができない体質？」

そう訊くと、焔凌は項垂(うなだ)れてため息を洩らした。

「勝手に想像するな」

「だって――」

焔凌は廊下の手すりに背をもたせかけて、両手を預けた。

「人間界にもあるだろう、跡継ぎ問題というやつが」

だから今話そうとしているのが、ずばりそれだと思う。お世継ぎに恵まれません、という。実子が無理なら養子と相場は決まっているが、そこでまた人選に悩むのだ。どうせならいい家系からもらおうとか、放っておくと敵になりそうだから、その前に取り込んでしまえとか。

「ん……？　そもそも王家は血脈で繋いでるんじゃなかったっけ？　だからひとりでも多くの子どもを得ようと、後宮があるわけで、それができないなら、やっぱりヤバいじゃないか」

「なんとしても私を種なしにしたいわけだな。そうではない。作らなかっただけだ」

「どうやって⁉　焔凌のことだから、毎晩のようにやってたんだろ？　まさか、避妊？　後宮で避妊って、本末転倒じゃないか」

「少し黙って、説明させろ」

焔凌が手を振ったので、明歩はしかたなく口を噤んだ。

ひらひらと寄ってきた蝶が、焔凌の指先に止まる。それを目線の高さまで上げてしばらく眺めると、焔凌は飛翔を促すように手を動かした。

「後宮で生まれた子どもは、皇后が産んだ子がいる限り、王にはなれず臣下に下る。しかしその身内としては納得がいかない場合もあり、過去にはしばしば異腹の兄弟同士が王位を巡って争うことがあった」

それは明歩にも想像がつく。人間の歴史を紐解いても、いつの時代にもあったことで、国を分かつような戦いに発展したことも少なくない。

「そんな争いは望まない。だから子どもはひとりでいい。となると、子どもの母親が問題となるわけだ。どこの娘を国母とすべきか。それがまた争いの種となる。だから正妻を娶るまで、子は生すまいと秘かに決めていた」

なるほど、一理あるようなないような。

「それで避妊?」

引っかかりを覚えるのは、子どもを作る気がないならエッチも慎め、王さまなんだから、というところだろうか。

そういうつもりなら、せめて後宮は不要だろうと思う。女人たちは王の子を身籠るために集っているのだ。ちょっとした詐欺ではないか。

まあ、焰淩もふつうに、いや、かなり精力絶倫の女好きということで、しかたがないのだろうか。英雄色を好むという言葉もある。

「でもまあ、よく命中しなかったもんだね。毎晩のようにやってたら、つい手抜かりがあったりして、できちゃうもんじゃないの?」

明歩がそう言うと、焰淩はにやりとした。なんだろう、童貞には想像もつかないようなテクがあるのだろうか。

だいたいこの世界にはコンドームなんて存在しないはずだけれど、明歩が知らないだけで代用品があるのか。

「言ってみれば意思の問題だな。作ろうと思わなければ、できない。ああ、私が、ということだが」

それを聞いて明歩は目を丸くした。

「へえ！　それっていいね。人間もそうなら、若者のできちゃった結婚なんてのもなくなるのかな？　いや、逆に風紀が乱れそうかも……」

「言っただろう、私限定だ。他の麒麟たちは、交われば一定の確率で子をなす。人間と同じだな」

王さまはいろいろと特別なオプションがついているらしい。いや、焔凌が炎駒だということも関係しているのだろうか。

「あ、でもさ、そうも言ってられないじゃないか。皇后が俺なんだもん、子どもは無理だよ。やっぱり後宮で作ってもらわないと、血筋が絶えちゃうよ」

「心配しなくても、焦る必要もない。とにかく今後は、後宮に出向くつもりはない」

そんなことを言っても色好みの焔凌だから、そのうち明歩だけを相手にするのも飽きて、こっそり出かけることになるのだろうと、明歩はあまり気にせず頷いておいた。

一応明歩も皇后の立場だから、面と向かって浮気しに行きますと言いづらいところもあるのだろう。その辺を尊重してくれているあたり、焔凌もマナーを守っている。

だから明歩も、妻として焔凌に尽くそう。

庭に張り出した露台に紫檀の卓と籐の椅子を並べて、玻璃の器で明歩はお茶を飲んでいた。お茶請けは包子だ。貝柱とキノコの餡が入ったそれを明歩が絶賛したものだから、気をよくした料理人が甘く煮たユリ根の餡のものも作ってくれた。

「間もなく主上もお越しかと思いますが……」

躊躇いがちの鳶子の言葉は、言外にそれまで待てということなのだろうけれど、明歩はかまわず包子に手を伸ばした。

「あったかいものはあったかいうちに食べないと。中華まんなんて、その最たるものだよ」

ユリ根のあんまんは驚く美味しさで、明歩は感動に唸った。

「ここの料理人すごいよ！　俺、断然肉まん派なんだけど、この餡子はいける。くどくなくて、何個でも食べられそう。あ、こっちのプリンはなに？」

「ぷりん……ああ、そちらはツバメの巣と杏仁豆腐でございますね」

「ツバメの巣！　これが！　へえ、寒天みたいだねー」

明歩が舌鼓を打っていると、リュウガンの木立の向こうから、「旨そうな匂いだな」という声がした。焔凌のものではない。

鳶子ははっとしたように顔を上げて、露台から駆け下りた。

「そのお声は……もしや洛閃さま？」

これまでに聞いたことがない名だ。

「誰？」

「主上の……ご友人でございます」

「焔凌の？　じゃあ、一緒にお茶しようって誘おう」

焔凌の周辺の関係者にはひととおり挨拶を済ませていたけれど、ほぼ臣下と使用人ばかりでプライベートな交際相手には会ったことがない。後宮の女人をプライベートな相手と言えるかどうかは微妙だが、焔凌いわく今後は関わらないそうだし。

友人ならなおさら会いたい。もしかしたら焔凌にはそういった相手がいないのではないかと、内心思っていたのだ。ポジション的な問題もあって、気軽に酒を飲んだり遊んだりできないのか、と。

それが向こうからやってきたなんて、このチャンスを逃す手はない。

明歩は椅子から立ち上って、繁みに声をかけた。

「どうぞこちらへ。あ、俺、焔凌の妻で明歩といいます——うわあっ！」

のそりと姿を現したのは、獣頭人身の男だった。しかしドラゴンフェイスではない。トラだ、たぶん。ホワイトタイガー。

男は大きな歩幅で近づいてきて露台に上がると、呆然とする明歩を頭のてっぺんからつま先まで、舐めるように見回した。

「ほう、そなたが皇后か。噂には聞いていたが、まこと人間なのか」

ホワイトタイガーは淡い水色の目を、興味深そうに細める。

明歩は硬直したまま、かろうじてわずかに首を動かした。麒麟よりはよほど見慣れているはずのトラの造形なのに、明けても暮れてもドラゴンフェイスばかりを見ていたせいか、異質なことこの上ない。

だいたいこの世界にトラがいていいわけ？　そりゃ、共通の動物もいるけどさ、そういうのはまるっとそのままで、首から下が人間なんてことなかったじゃないか。

つまり、麒麟とは別の種族が存在するということになるのだろうかと明歩が考えていると、ホワイトタイガーは椅子を軋ませて腰を下ろした。

「いかにも。俺は白虎だ」

「白虎！」

ホワイトタイガーと言わなくてよかった。見た目はほぼ変わらないが、気を悪くするだろう。そもそもホワイトタイガーは、首から下もホワイトタイガーだし。

しかし白虎がいるということは、もしかしたら青龍も朱雀も玄武もいるのだろうか。それぞれ首から下は人間で？

「ときに皇后、いや、明歩といったかな？　明歩は現状に満足か？」

「は……？　満足っていうか……目標達成、ですかね？」

「麒麟を夫とすることが？　おまえも男だろう」

白虎の洛閃は笑ったのか、ウィスカーパッドが片方だけ上がった。

「あー、まあそこはちょっとした誤算と言えなくもないんですけど、でも割り切ってますから。俺は麒麟の伴侶になりたかったんです。だから満足です」

「後宮の女人以上にブレないな。しかしよく焔凌が受け入れたものだ」

洛閃は茶碗を摑んで、一気にお茶を飲み干す。猫舌ではないらしい。

「そこはもう、押しの一手で――」

回廊に靴音が響き、振り返ると焔凌がまっしぐらに駆けてくるのが見えた。

「あ、焔凌！　友だちの、えっと……」

「洛閃だ」

「そう、洛閃さんが来てるよ」

明歩の前で立ち止まった焔凌は、肩で息をしている。

「なにをしに来た」

それは洛閃に向けられた言葉で、白虎は肩を竦めた。

「ご挨拶だな。結婚の知らせも寄越さぬとは水くさい。友だちだろう？」

「腐れ縁というのだ。明歩、行くぞ」

素っ気ないのを通り越して、無愛想な物言いに、明歩は戸惑った。鳶子も、当の洛閃も、焔凌とは友人だと言っていたのに。

それともこれまで目にしてきた焔凌が、王さまモードばかりだったから、そう思うのだろうか。気が置けない友人相手のラフな態度というのが、こんな感じになるのか。

いずれにしても、同席もしないままに立ち去るというのはナシだろう。招いた明歩の立場はどうなる。それに、ちゃんと結婚の報告もしてほしい。

「まあまあ、焔凌も座ろうよ。初対面なんだし、焔凌が紹介してくれなきゃ」

「もう尻に敷かれているのか」

口を挟んで揶揄う洛閃に、焔凌が目元をぴりぴりさせる。

「……我が正妃、明歩だ」

「うん、それは聞いた。齢とか趣味とか出会いのきっかけとか」

「以上だ。おまえに教えることはない」

けんもほろろな答えに、明歩は慌てて手を伸ばす。

「あのっ、十八歳、東京出身。趣味は……ええと、食べることかな？　あ、この包子美味しいですよ！　どうぞ、って、冷めちゃってるか」

「ずいぶんと陽気で気さくな皇后だな」

「うちは開かれた王室なのだ」

「嘘をつくな。ガチガチに古くさいじゃないか、しきたりだとか習わしだとか。うちのほうがよほど先進国だ。まあ、人間を娶ったというのは画期的だが」

「あとは……麒麟！　ていうか、焔凌が趣味」

ぼそぼそと言い合っていた洛閃と焔凌が、揃って明歩を見つめる。

「趣味が？」

「私？」

麒麟と白虎にそれぞれ怪訝な顔をされて、明歩は頭を掻いた。

「趣味って言い方は適当じゃないか。でも焔凌は夫だし、妻としてこれからどんどん知っていきたいと思ってるから、やっぱりいちばん興味があるよ」

洛閃はふっと笑って、いきなり明歩の手を掴んだ。

「洛閃！　貴様なにをする！」

焔凌の叫びを軽く片手で払い、明歩の手を弄ぶ。

「つまらぬ男だぞ？　どうせ選ぶなら俺にしておけ」

「えっ、でも俺、もう焔凌と契っちゃったから」

「明歩っ、他に言い方はないのか！」

洛閃は騒ぐ焔凌を無視して、明歩を引き寄せた。焔凌の喉が妙な音を発する。

「そんなものは麒麟にしか意味がない。俺は白虎でおまえは人間だ、なんの抑止にもならん。俺もそろそろ身を固めようと思っていたところだ。人間の男なんて、物珍しくていい。今よりずっと贅沢をさせてやると約束しよう」

洛閃は言葉づかいも態度も焔凌よりずっとラフで、対応しやすいというか意思疎通が楽だけれど、その分なんだかチャラさが鼻につく。

「いや、俺、贅沢には興味ないから。ていうか、今でも持て余し気味だから」

「それなら美味珍味はどうだ？」

「え……」

「そこで迷うなっ！」

いや、迷ってないし。なんだよ焔凌、信用してないな。

明歩としては、友人の洛閃に失礼がないように、穏便に対応しているだけなのだ。よくドラマでもあるではないか。勘違いして色目を使ってくる夫の上司とかを、事を荒立てないように躱す良妻的な。

言ってみれば政略結婚のような始まりだったけれど、明歩はその時点で納得していたし、結婚するからには相手とも仲よくやっていきたいと思っていた。今も思っている。

だから乗り換えるなんて、もってのほかなのだ。というよりも、焔凌が相手でよかったと思っているのだから、目移りするはずもない。

「強引に奪う、という手もある」

ふいに腕の中に抱き込まれ、さすがに明歩も洛閃を押し返そうとした。そう、これまたドラマのように、いざというときには毅然と――。

「ふざけるな」

トーンが下がり抑揚も乏しい焰凌の声に、明歩と洛閃は顔を上げる。無表情の炎駒が白虎の手をむんずと摑んで無造作に払った。すかさず明歩を引っ張り上げ、自分の背中に隠す。

しかし洛閃もふてぶてしくにやりとした。

「ふざけてなんかないさ。お古でもいいって言ってるんだ。なかなか活きがよくて、愛嬌もあるから、楽しめそうだ」

「それ以上私の妻を侮辱するな。おまえになど、見せるのも惜しい」

背後に立つ明歩には、焰凌の輪郭が焰立つようにゆらりと揺れるのが見て取れた。本気で怒っている、明歩のために。

傍目には揶揄交じり、せいぜいやっかみ程度の口げんかなのだろうけれど、それでもはっきりと拒否してくれたことに、なんだか胸が騒ぐ。きっといつでも焰凌は明歩の側に立って、味方でいてくれると、そう確信する。

いや、味方なんてものではなく――つまり、やっぱり伴侶なのだろう。

洛閃は肩を竦めて席を立つと、柱のそばで身を縮めるようにして見守っていた鳶子に、「馳走になった」と声をかけた。

帰ってくれるならひと安心だと、明歩が焔凌の後ろから顔を覗かせると、振り返った洛閃と目が合った。

「ひとまず退散するが、焔凌に飽きたらいつでも呼べ。気に入ったぞ、明歩」

「いや、そんなこと——」

「誰が飽きさせるか。待っていても無駄だ」

密着した焔凌から、洞穴を吹き抜ける風のような音がする。どうやらこれが麒麟の唸り声のようだ。

洛閃は高笑いを響かせながら、繁みの向こうに消えていった。ほどなくして空に白銀の光が筋を描いていく。

「わ、あれ白虎？　飛べるんだ」

「変化すればな」

「てことは今、ホワイトタイガーで飛んでるのか。見たかったなあ」

気づけば焔凌が悄然（しょうぜん）とした顔で明歩を見ていた。

「なに？」

「もう少し警戒心を持て。相手は白虎だぞ」

「うん、知ってる。ねえ、他にもいるの？　朱雀とか青龍とか。みんな首から下は人型？」

頷いた焔凌の説明によると、麒麟が住まう方壷のように、それぞれ人間界で神獣と称される生

き物の国があるという。方壷にいちばん近いのが白虎の住む員嶠（いんきょう）で、交流もあるそうだ。

「そっかあ……人間界には龍神を信仰してる人も多いから、もしかして俺みたいにトリップした奴もいるかもね」

そんな組合のようなものがあれば、いろいろ意見交換できるのにと思っていると、焔凌が首を振った。

「むしろ青龍は人間界に移る者が多いと聞く。身分差の大きい種族で、下位の者が虐（しいた）げられることなく崇め奉られる人間界を選ぶという。そのせいで身分の均衡（きんこう）が崩れ、内政問題になっているらしい」

「へえー」

地球上のどこかでもあるような悩みで、そういう話を聞くと、神獣といってもふつうに生活して社会を営んでいるのだと、なんだか親しみが湧いてくる。

ついでにもっとこちらの話が聞けないかと、明歩がわくわくしていると、焔凌は悩ましげに額に手を当てた。

「しかしもっとも人間界に出入りしているのは白虎だろう。なにしろあいつらは平然と、向こうの生き物と同化している」

「あっ、ホワイトタイガー？　そうなんだ、あの中に白虎が……」

正直、交ざっていても見分けがつかないと思う。明歩も人間界で、すでに白虎に会っていたのかもしれない。

「なんのために？　まさか嫁探し……」

「知らぬ。享楽的で、そのためなら手間を惜しまぬ奴らだからな」

「ナンパとかしてそうだったねー。ていうか、俺のことまでちょっかい出してたし」

ついそう返すと、焔凌がきらりと目を光らせた。

「だから用心しろと言っている」

「ないない。その気もないし、それに万が一のときには、焔凌が守ってくれるんだろ？」

「……夫婦だからな」

渋々の体で答えた焔凌を見ても、先ほどの洛閃に対する態度を目にした明歩は、焔凌への信頼が揺るがない。

「そう、夫婦だよ」

明歩は焔凌の口元に、すっかり冷めた包子を差し出した。焔凌はちょっと嫌そうに眉をひそめたけれど、口を開いて包子を食べた。

「俯せになって」

寝台の上でそう命じた明歩に、焔凌は警戒するような目を向けた。

「また私を組み伏せるつもりか。人間界ではそういう体位が流行りなのか——はっ、もしやおまえ、私を犯すつもりでは……」

仰け反る焔凌に、明歩は両手を振った。

「ないない。妻のポジションだし、今のままで充分満足させてもらってるし。リフレしてあげる」

「りふれ……？」

「だから寝てってば」

警戒を解こうとしない焔凌を背中から押し倒し、明歩はその腰に乗り上げた。

「ああっ、やはり！」

「違いますー。こうやって——」

焔凌の肩を摑み、ゆっくり揉んでいく。強張っていた身体から次第に力が抜けていくのが、指先から伝わってくる。

身体を預けてくれたのが、気を許してくれたようで嬉しい。

なにしろ夫婦となってまだ十日ほどなのだ。やることはやっているけれど、明歩の常識的に、ふつうならそれ以前に積み重ねているはずの行動の共有とか、考え方の理解とかが決定的に足りない。

だからといって、まずはそれからだろう、順序が逆だろうと、自分たちの馴れ初めを否定するつもりもない。これから互いを知っていって、最終的に追いつけばなんの問題もないことだ。実際に昼間の白虎との一件でも、焔凌の気持ちが少しわかった気がする。

こうしていると、また少し距離が縮まったのを実感して嬉しいし、ちょっと照れくさい。

「あ、凝ってるわね、あなた。いつもお仕事お疲れさま」

冗談めかしてそう言うと、焔凌は嫌そうに明歩を振り返った。

「なんだ、その口調は。気持ち悪い」

「えっ、一応妻っぽくしてるつもりなんだけど。口調はともかく、嫁として旦那には尽くすべきだろ」

両親や神主にも、そう言われていた。麒麟に尽くして子を生せ、と。子どものほうが無理なのだから、せめて焔凌には尽くすべきだろう。そうはいっても、具体的にどうすればいいのかわからないので、とりあえずわかりやすいサービスをチョイスしてみた。

「そういうのは古い考えなんじゃないのか？」

「ああ、まあ現代は男女平等とか言われてるし、女性の社会進出も当たり前で、奥さんも働いてる人多いけど——それはともかく、俺の場合はそもそも捧げものじゃん？　麒麟には絶対服従みたいに言われてきたし。それを疑ってたのが、実際こうなったからには、反省も含めてちゃんとしたいんだよね」

焔凌の手を取り、肩から二の腕へと揉み解していく。それに合わせて焔凌は少しずつ横臥し、明歩を見上げた。

「それに……さ、人間の上に男の嫁なんて、ちょっと申しわけないかなって思ってるし。あ、でも身を引く気なんてないから、おあいにく」

焰凌の手が明歩を摑んだ。

「今さら逃げられても困る。こちらが追いかけねばならない」

「えっ……?」

見下ろす赤い双眸が細められる。

「比翼(ひよく)の鳥(とり)、連理(れんり)の枝(えだ)……という言葉を知ってるか?」

比翼の鳥は隻眼隻翼(せきがんせきよく)の雌雄の鳥で、身を寄せ合って飛ぶ。連理の枝は、隣り合った木が互いに向けて枝を伸ばし、絡み合ってひとつの木となる。

「天にあっては比翼の鳥となり、地にあっては連理の枝とならん——王たる私と伴侶もそう定められている。後には引けぬと、そう言っただろう」

言われてみれば、たしかに漢文かなにかの授業で、聞いたことがあるフレーズだった。若い女教師が酔ったように芝居がかって読み上げていたのばかり印象に残っていたが、そういうことだったのか。

そんな決まり事があったから、もう後宮にも行かないって、言い出したのかな……。

実際問題としてそうはいかないとも思うけれど、オンリーワン認定されるのは悪い気はしない。

というか、胸の奥のほうがムズムズする。

「……じょ、情熱的～！　照れるー。あっ、あ、ところでさ、首の継ぎ目ってどうなってんの？

いつも確かめようと思うのに、鬣がじゃまでわかんないんだよな」

「あっ、こら！　よせ」

「いいじゃん、いいじゃん」

当たり前というか、継ぎ目なんてものはない。顔を覆う鱗が次第に薄くなって、明歩と同じような皮膚に変わっていく。

ほんとに不思議な生き物だよな……それに――。

焔凌はやんわりと明歩の手を押し返し、顔を伏せるように背中を向けた。

「人間の世界のおとぎ話のように、人の顔が出てきたりはしない。そちらで言うところの野獣のままだ。残念だったな」

「なに言ってんの。人間界にいたころから麒麟の姿形は見慣れてるし、最近はけっこう見分けがつくし、焔凌はイケメンだと思ってるよ。それに――」

明歩は先ほど頭の中で思っていたことを口にした。

「焔凌の顔、俺は好きだけど？」

言葉にしたとたん、奇妙な昂揚感に襲われる。いや、それは今に始まったことではないのかもしれない。離れがたい繋がりなのだと聞かされたときから、もっと前――リフレと称して焔凌に触れたときから、すでに明歩の胸は高鳴っていた。

そして今、奥で焔立つような瞳に見据えられて、視線が当たるところから身体中に熱が広がっていくような心地さえしている。

「あ……あれ？　なんだろ、俺……」

明歩はそう呟きながら、横たわる焔凌にしがみついた。密着したところから伝わってくる熱と感触にほっとする一方、さらなる焦燥に見舞われる。いや、明らかに焦りのほうが大きい。

明歩は我知らず焔凌の身体をまさぐり、袖の奥や衿の隙間から指先が素肌を探り当てるにつれて、着衣を広げていく。

深衣の前を大きく開いて、厚い胸板を目にしたとたん、眩暈を感じた。なにかに促されるように顔を伏せて、そこに頬ずりする。

「……なんか……くっついてるとすごくエッチな気分になるんだけど！」

ごまかしも勘違いもしようがない、隠す気にもなれなくて、明歩はストレートにそう打ち明けた。だって……下手に回りくどいことしても、待ってられそうにないもん。

「気が合うな。私もだ」

突然視界が回る。ひっくり返されたと気づいたときには、上から焔凌に覗き込まれていた。

「……マジで？」

毎晩のように交わってはいるけれど、それは明歩が押しかけ女房張りに迫った結果、図らずも後戻りができない契りを交わしてしまったからだと思っていた。付随する条件として、頻繁なエッチが義務づけられるものだそうだから。つまり、焔淩にとって明歩を抱くことは義務なのだろう、と。

「ああ、マジだ」

至極真面目にそう返されて、明歩は笑う。

「似合わないセリフ。でも、嬉しい。しようしよう！」

くちづけを交わしながら、互いの身体をまさぐって着衣を落としていく。

焔淩のキスは心地いい。初めはどうやってするのだろう、絶対にうまくいかない、と思っていたのに、唇を合わせることはまったくスムーズだった。それでも客観的な視点では奇妙に映るのかもしれないが、自分が見る側に回るわけではないので、それはどうでもいい。

長い舌は器用に動き、口中をくまなく舐め回して刺激する。実をいえば明歩はキスの経験もなかったけれど、人間では絶対に届かないだろうところにまで伸びて撫でられるので、きっと濃厚なキスになっていると思う。

口周りの毛は見た目よりはるかに柔らかくなめらかで、角度が変わるたびに顎を擽られる心地がする。

「あっ……」

深衣がはだけた胸元に指が伸びて、ぽつんと浮き出た粒を爪で軽く引っ掻かれた。それだけで、まるで糸で括られでもしたかのように、乳首がきゅうっと硬く尖る。それを捏ねられ、擦られると、奥歯が疼くような感覚に襲われて、明歩は焰凌の肩にしがみついたまま仰け反った。

「……や、やだ……あんまり強くしないで……っ……」

キスも初めてなら、当然セックスも焰凌しか知らないけれど、どういうわけか毎回乳首を執拗に愛撫される。男だから乳房はないと、最初に言ったのにも関わらず。

そのときの焰凌の返事は不要とのことだったが、ルーティンワークのように愛撫の流れに入っているあたり、やはり不要ではないのだろうと思う。むしろこんな真っ平らの胸板に小豆粒のような乳首がついているだけのものに執着を見せるあたり、かなりのおっぱい好きなのではないかと疑っている。

それはそれで明歩が相手でご愁傷さまなのだが、問題は明歩のほうだ。

男なのに、経験してたった十日ほどなのに、乳首を弄られるのはすこぶる気持ちがいい。

今まで自分の乳首なんて意識したことがなかったし、もちろんそこに性感帯があるなんて知らなかった。ハウツー本にも書いていなかった。いや、ゲイの章にはあったような気もするが、無関係だとばかり思っていたから流し読みだ。

焰凌の指が乳暈をつまみ上げる。絞り出されていっそう硬く膨れ上がった乳首が赤く色づいているのが目に入って、明歩はくらりとした。下肢が重く痺れて、たしかな感覚を求めるように膝を擦り合わせると、それを焰凌の太腿が割り開いた。

「あ、あっ……」

身体ごと捻じ込まれて、股間に下腹を押しつけられる。

「もう少しこらえろ」

そう言いながら身体を揺らして刺激するのだから、意地が悪い。

「……無理っ……そうやって、つまむ……からっ……」

「ああ、なるほど」

焔凌は胸に視線を戻し、指を離す。ほっとしたのもつかの間、解放された乳首がじんじんと疼いて、明歩は熱い息を洩らしながらかぶりを振った。

「こちらのほうが好きだろう?」

焔凌は顔を伏せ、乳首に舌を巻きつけた。ぬめった熱い感触に、明歩はたまらず声を上げる。下肢に流れ込んでくる血流も一気に大きくなって、思わず焔凌の腰を太腿で挟んだ。

「だめっ……だめ、マジで……いっちゃうってば……っ……あっ、あっ……」

「いけばいい」

舌を使いながら器用に喋る。そんな容赦ないことを言うくらいなら、喋らなければいいのに。人間ならふつうできない。

そんなことを考えて気を紛らわそうとしたけれど、無駄な抵抗だった。手と舌で玩弄されていた乳首を左右交換したところで、明歩は呆気なく達してしまった。乳首イキなんてネットで聞きかじった言葉を思い浮かべ、恥ずかしさにいっそう身体が火照る。

脱力した明歩の身体から纏わりつく衣装を剝ぎ取って、焔凌は明歩の下肢に顔を近づけた。

「……ま、待った！　また俺だけいかせる気か？　そんなのエッチと違うだろ」

「そんなことはないと思うが」

膝を割ろうとする焔凌を蹴りつけて、明歩は少しずつ下肢を逃がしていく。自然と逆さまに向き合う体勢に近くなり、乱れた裾から焔凌の怒張が覗いたのをきっかけに、はっと閃いた。

俺もやればいいじゃん！

数日前の夜、戯れに焔凌の乳首を弄ったときには、擽ったいと返された。そんなはずはないとしばらく刺激しても無反応だったので諦めたけれど、さすがに性器は感じるだろう。

明歩が今したいのは、互いに快感を与え合うセックスなのだ。もっと正直に言うなら、焔凌をめちゃくちゃに感じさせたい。

初エッチから怒涛の快感に呑み込まれ、翻弄され続けた後に、ようやく相手のことを考える余裕が出てきたというか、快楽に溺れさせたい欲が出てきたというか。

「なにを――」

焔凌の深衣の裾を捲り上げ、露わになった性器を握ったところで、下方から声がかかった。明歩は振り向いて言い返す。

「決まってるだろ、フェ・ラ。フェラチオだよ」

言葉そのものは知らなかったようだが、意味するところを理解したらしく、焔凌は眉を寄せた。

「おまえの口には入らない」

「はっはー、巨根宣言ありがとう！　入らなくたっていいんだよ。要は焔凌にも気持ちよくなってもらいたいだけなんだから」

明歩はそう言って顔を下肢に向けたが、改めて見ると本当に大きい。よくもまあ、これを入れてあんあんよがっているものだと、我が尻ながらどうかしているのではないかと思う。

いやいや、感心したり怯んだりしてる場合じゃないから！

改めて両手で握り直し、張り出した先端に舌を伸ばした。

「うっ……」

下方から聞こえたかすかな呻きと、明歩の膝を握りしめる感触に、思った以上の効果があったと気づいて、俄然意欲が湧いた。

そもそも同じ男の身体だ。初体験はつい先日だけれど、童貞期間が長かった分、性器の扱いには慣れたものだ。

あれ……？　厳密にはまだＤＴか？　ていうか、そっちは一生縁がないことになりそうだけど、まあいいか。

ふいに熱い感触にペニスが覆われて、明歩の思考を奪った。

「……んっ、ふ……んうっ……」

あの長い舌で巻きつかれ、強く吸い上げられ、たちまち漲っていく。尿道に残っていた精液の残滓が吸い尽くされる感覚に、新たな射精感が湧き上がる。

それを抑え込んで焔凌の身体に乗り上げ、太い幹を擦り上げ、タマを揉み上げて、先端を頬張った。

焔凌のほうは明歩のペニスを楽々としゃぶりながら、大きく開いた尻のあわいに指を伸ばしていた。指の腹で擽られ、撫で回されるうちに、どういうわけか奥からぬめりが生じてくる。

人間の男が濡れないことは、明歩もさすがに知っている。だからおそらくこれは、麒麟と交わることになった明歩に与えられた機能なのだろう。並外れた大きさのものを受け入れられるのも同じだ。

その蜜を利用して、指が押し入ってくる。圧迫感を覚えながらも、内壁が歓喜したように蠢くのを感じる。ゆっくりと抜き差しされると、内側が痺れたようになって、もっと強く刺激してほしくなる。

「……んっ、……ん、う……っ……」

口淫されながら後ろを玩弄される快感に、こらえようもなく腰が揺れた。ともすれば焔凌を愛撫する指や口が疎かになって、ただ快感を訴えるだけになってしまう。

「あっ……や、焔凌っ……いっちゃ……う、んっ……」

弱いところを指で擦られた瞬間、焔凌の口の中に放ってしまった。しまったと思ってもとうてい止められるものでもなく、思いきり腰を打ちつける。

喉を鳴らす音と、いわゆるお掃除フェラのようにペニスを舌で舐めまくられる感触に、明歩が恍惚としていると、急に身体の下から焔凌が抜け出した。そのまま腹這いになっていた明歩の腰を引き上げ、褥に膝をつかせると、大きく開いた脚の間に、ぶつかる勢いで腰を打ちつけてきた。

「んあああっ……」

背後から一気に貫かれて、明歩は悲鳴交じりの声を上げた。しかし焔凌は明歩の腰を掴んで前後に揺さぶりながら、自らも激しい抽挿を繰り返す。

いったいどうしたことか。毎晩のように閨を共にしてきたけれど、こんなに激しい焔凌は初めてだ。どちらかというといつも明歩が主導権を握っているような感じで、それに応えていた。本番中も壊れ物を気づかうように、様子を窺いながらの行為だったのだと、今は思う。

しかしこれが本来の焔凌なのだとしたら、また一歩距離が近づいたのかもしれないと、明歩は嬉しく思った。

肌のぶつかり合う音が派手に響く。明歩の洩らす声もかなり大きい、たぶん。明日どんな顔をして鳶子と会えばいいのだろうとも思う。

……でも、今はこのまま続けたい……。

貪られるのが心地よかった。形から始まった夫婦だけれど、少しは中身ができ始めているのだと思えた。夫婦の関係なんて大そうなものではないかもしれないが、少なくとも出会った当初よりは嫌がられていない。それが行為の間だけだったとしても。

……いや、そうでもないのかな？　夫として誠実でいるって、言ってた。

振り返ってみれば、明歩は自らを捧げものと言いながらも、自分の立場を押し進めていた。それくらい前向きだったのだと、明歩なりの言い分もあるけれど、焔凌はうんざりした顔をしながらも、一度として明歩を強硬に拒むことはなかった。異世界から来た怪しい男なんて、蹴り飛ばされて締め出されるか、牢屋に閉じ込められてもおかしくない。殺されたって文句は言えないところだったのだ。

それを嫌々ながらも受け入れてくれて、そうと決まってしまえば妻として扱ってくれる。離れられない関係になってしまったから、放さないのかもしれない。けれど、そこにちょっとした愛はあるのではないか。

愛といえるほどではなくても、なにかしらの好意はある気がする。あってほしい。

俺……焔凌に好かれたいんだなあ……。

気づいたときには捧げものになると決まっていたから、それ自体を胡散臭いと思うことはあっても、実際にそうなったときのことなど、あまり想像していなかった。

驚いたことに麒麟の世界に入り込み、焔凌の嫁となっても、それでほぼミッションは遂行したような気になって、ある意味満足していた。自分が望んでいたことではなかったにしても。

たぶん明歩は、相手がいることだという意識が抜け落ちていたのだと思う。そんなふうだから、最初の焔凌の態度にもあまり動じなかったし、どうにかしてほしいと焔凌に期待することもなかった。

しかし妻になるとは、夫婦になるとは、ふたりで作り上げていくものなのだと、わずか十日ほどではあるが、徐々にわかってきた。なにしろこんなふうに誰かと長い時間を一緒に過ごすのも両親以外とは初めてで、それだけでも生活が大いに変わった気がする。いや、存在する場所に始まって周囲の人たちも、なにもかも変わったのだけれど、焔凌の存在と比べたら些末なことだ。

これまでになく近くにいる存在で、これからもおそらくずっといちばん近くにいる相手なら、やはりうまくやっていきたいと思うのが人情だろう。

……いや、そうじゃなくて……。

単に友好的なだけの関係では、物足りなく感じているからこそ、こんなときにあれこれ考えているのだ。

もっと好かれたい、うん、そうだ。実際に好きだって言い合えたら……いいと思う。

「……あっ……」

ふいに背中に覆い被さられて、焔凌の熱い息が項に吹きかかった。浮いた汗を舐め取られ、柔らかく牙を立てられる。

「気もそぞろだな。よくないか?」

耳殻に吹き込まれるような囁きに、肌が肩先まであっと粟立った。

「えっ、いや、そんな……」

「嘘をつけ。なにを考えてる？」

ぐっと腰を入れられて、明歩は背を撓(しな)らせた。焔凌を呑み込んだ場所が収縮して、その逞(たくま)しさを実感する。

ああ、そうだ。こんなふうに少し強引なくらいに求められたいとも思う。ちょっとやそっとのことでは壊れない自信があるし、焔凌にそうされても、明歩が感じるのは嬉しさだ。

嬉しさって……べつに痛いのが好きとか、そういうわけじゃなくって……。

自分の思考に自分でツッコミを入れていると、奥を抉(えぐ)るように突かれた。

「あっ、ひ……」

「集中しろ」

もどかしさがにじむ声音に、拗(す)ねたような色を感じて、明歩は妙に胸が騒いだ。

「なんでもないよ。焔凌のこと好きだな、って思ってただけで——ああっ……」

いきなり激しい突き上げが繰り返され、明歩は大きく揺さぶられる。敷布を摑んでも体勢を保てず、顔が枕に埋まる。かと思うと、後方に引っ張られる。

怒張に擦り上げられる内壁がざわざわと蠢いて、摩擦の心地よさに引き絞られていく。

「あ、あっ……いい……っ、気持ちいっ……」

高まる射精感に身を任せ、自らも腰を振り立てた。呆気なく堰(せき)を切って達する明歩を、焔凌が

思いきり引き寄せる。

「うあっ……」

膝立ちの体勢で重なることになったが、体格が違いすぎて、ともすれば膝が浮きそうだ。しかし達したばかりで力が入らず、深々と埋まった焔凌を実感することになる。

「心地いいな、おまえの中は。誘うように震えてる」

耳朶を食まれながらそう言われ、明歩は身震いした。

「ほら、まただ」

「……いったばかりだから、だよ……誘う余裕なんかない――あっ、あっ……」

明歩を支える手が胸に伸びて、絶頂の余韻に尖った乳首を撫でた。同時に精を放ったばかりのペニスの先端を、つまむように弄ばれる。

「やっ……無理、だって……んっ、まだ……」

「そうでもないだろう。私をきゅうきゅう吸ってくるぞ。ああ……いいな……」

下から突き上げられるような勢いに、本気で宙に跳ね飛ばされるかと思った。実際、大きく身体が傾いで、焔凌の長大なものが半分以上抜けかけた。

「うわっ……」

とっさに巻きついた手に引き戻され、身体に芯を通されるように貫かれる。そのまま焔凌が腰を落としたので、明歩は脳天まで響くような衝撃を味わった。指先にまで痺れが走る。

「……やあ……すご……っ……」

膝を抱えられ、上下に揺さぶられて、身体の中を行き来するもののことしか考えられなくなる。

いや、考えているのではなく、感じているのだろう。

考えていることがあるとしたら、この激しい行為に潜む焔凌の想いだ。貪るようなセックスで求めているのは、身体だけではないのだと、そう願う。明歩と同じように。


「……またいらしたのですか」

後宮の大扉を開けた警備の女官は、明歩を見て嘆息した。

「まあまあ、固いこと言わないで。俺けっこう評判よくない？　また来てねって言われてるんだけど。あ、これあげる。出入りの菓子職人がくれたんだ。美味しかったよ」

明歩はそう言って女官に紙包みを渡し、奥へ進んだ。

初回を含め、これまでに三度ほど単身で後宮を訪れている。初めは気のない態度だった女人たちも、徐々に会話をしてくれるようになり、前回は双六遊びに興じた。

「女人たちも退屈なんだよ。俺程度でも気晴らしにはなるんじゃない？」

「望んでいるのは皇后さまではなく、主上のお渡りかと存じますが」

額に手を当てて先導する女官に続きながら、明歩は口を引き結んだ。

やはり焔凌はあれきり後宮へ足を運んでいないらしい。

王の務めのひとつではあるし、焔凌本人がなんと言ったところで、それでいいとも思えなかったが、明歩も以前のように積極的に口添えする気がなくなっている。ともすれば今も、そう聞いて口元が緩みそうになっていた。

結婚以来、閨の相手は明歩だけと、焔凌は有言実行している。妻のポジションに不満のひとつもなく、これからもそうあり続けたいと思うくらいに焔凌を好いている明歩としては、好きな相手が貞節を守っているのは嬉しいことだ。

が、それでいいのかという思いもまた常につきまとっていた。

明歩は自らを捧げものと言いながらも、麒麟世界のしきたりや慣習にどっぷり浸かって倣うことはせず、けっこう人間界の常識や自分の思うように過ごしている。下手に融合しようとしても、しょせんは異界の人間で、無理が生じるのは自明のことと思っているからだ。

しかしそんな明歩でも、跡継ぎ問題は最重要課題だと理解していた。焔凌が自らの意思でそうしている以上は、他の誰も口出しはできないのだろうが、きっと内心では気を揉んでいるはずだ。ことに殿中省監の勒庸など。

だから明歩としては後宮の女人たちをチェックして、これと思う相手をピックアップする心づもりもあって訪れている。焔凌は国母とその一族が勘違いの権力を振りかざすことを案じていたようだから、そんな懸念のない女人がいい。

まあ実際のところ、そこまで熱心に探してもいない。というか、さすがは後宮に召し上げられただけあって、女人たちはいずれ菖蒲か杜若の美しさ（たぶん）だったし、気質も穏やかで朗らかだった。もちろんどんなところにも例外はあるものだが、それでも押しなべて妃にふさわしい美姫揃いと言える。

「皇后さま、いらっしゃいませ」

「今日はなにをして遊びましょう？」

陽溜まりのような広間で、三々五々くつろいでいた女人たちが、明歩の姿を見て集まってきた。

「こんちは。今日はお菓子を持ってきたよ」

大きな紙包みを開くと、歓声が上がった。明歩は全員に菓子を配り終えてから、数名の団欒に加わった。

「皇后さま、今日のお召し物もすてきですわ」

明歩の出で立ちは袍に袴と長靴が定番となりつつあったのだが、少し前から一気に衣装が増えた。焔凌が明歩に合わせて誂えた服が、続々と出来上がってきたのだ。

『男子といえども皇后である以上は、それらしく着飾ってほしい』

という焔凌の言葉に、明歩も頷いた。あり合わせの衣装で丈を引き上げたりしているものだから、ともすれば小姓の鳶子よりもカジュアルだったりしていたらしい。

焔淩が言うところでは、袍よりも衫のほうがエレガントなのだそうだ。というわけで、新しい衣装は衫が多い。今日は交領という着物合わせの衿で、花鳥の刺繍が一面に施されている。内衣の衿はたっぷりと緩ませ、スカーフのように首回りを覆っている。帯は錦織で、玉を連ねるように縫い止めてあった。

「ああ、ありがとう。今ひとつ動きにくいんだけどね。裾とか踏みそうで」

女人たちはおかしそうにころころと笑う。

「あんながさつな異界人のどこがお気に召したのやら……主上も物好きなこと」

離れた場所から聞こえた声に、明歩は目を向けた。

象眼を施した紫檀の椅子に座って、膝の上に箜篌を乗せた女人が、口元を袖で覆ってそっぽを向いている。取り巻きらしき女人たちも、頷いていた。

「皇后さま、お気になさらず」

「そうですわ」

「彼女は？」

「慧華さまです。お父上は工部尚書でいらっしゃるとか」

明歩の記憶がたしかなら、この世界の官職は唐代のものに近い。工部尚書なら、たぶん備品や水道関係の役所の長だ。後宮に召されるには、もともとそれなりに身分がある女子でなければならないのだろう。なにしろ王の寵愛を受けるのだから。

「主上のお渡りが絶えて久しいので、ご機嫌がよろしくないのでしょう」

「あー、ごめんね。みんながっかりだよね。でもまあ、たぶんそのうち復活するんじゃないかな」

「まあ、そんな。皇后さまがいらっしゃるのですもの」

「さようでございます。わたくしなど、後宮に召されただけでも望外の誉と思っておりますのに。これ以上を願っては分不相応というもの」

あまりにも人のいい女人たちの言葉に、むしろ慧華のほうが当然の反応なのではないかと思ってしまう。

「いやいや、そんなことないでしょ。後宮に来なければ、ふつうに結婚できたわけだし。国母になれなかったら人生を無駄にしたことにならない？」

明歩の言葉に、女人たちは顔を見合わせた。

「でも、期限もありますし……それから嫁いでも遅くはありませんし」

「お下がりの際には、退職金もいただけますし」

「……へえ、そうなんだ」

当たりくじが引けなくても、それなりの報酬はあるということか。女人にも利のあるシステムが確立されていて、納得ずくのことなら明歩が口を挟む必要もないのかもしれない。

ふんふんと頷いていると、女人たちが互いを小突き合っている。「あなたがお尋ねになって」「そんな、あなたから」なんて囁きも聞こえて、明歩は首を傾げた。

「なに？　なにか質問？」

女人たちはしばらく躊躇っていたが、意を決したように身を乗り出した。

「あの、皇后さまがいらした世界のことが知りたく思います」

「皆さま、皇后さまのようなお顔をしていらっしゃいますの？」

「女人はどのようなお召し物なのでしょう？」

矢継ぎ早の質問は途絶えることなく増えていって、明歩は面食らった。

「ちょ、ちょっと待って。ひとまずそこでストップ。ひとつずつ答えるから。えっとね、まず人間っていうのは――」

女官に退出を促されるまで、明歩は質疑応答に終始した。女人たちはますます興味を引かれたらしく、名残惜しげに見送ってくれた。

その後も後宮通いは続いて、女子会トークに花を咲かせることになった。明歩は自分が女っぽいと思ったことはないが、女人たちとの会話は楽しく、ことに共通の話題である焔湊の件になると、話が盛り上がった。

慧華のように相容れない一派がいるのも相変わらずだったけれど、それはどんなところでも気が合う同士で固まるものだと、あまり気にしなかった。

朝議の議題がひととおり話し合われると、侍従たちがお茶を運んできた。長卓にずらりと並んだ諸公らが杯を取り上げ、菓子をつまみ始めると、焔凌の右隣に座した太傅(たいでん)が含み笑うのが見えた。

「なんだ、そんなに菓子が旨いか？」

焔凌が訊くと、王の師である太傅は笑みを深くした。

「菓子も美味でございますが、近ごろの主上のお変わりようを、嬉しくめでたく感じております」

「私の？」

どこが変わったというのかと、焔凌は意外に思って、尋ねるように周囲を見回す。いくつかの頷きが返ってきて、首を捻(ひね)った。

王たるもの、常に威厳と自信を持ち、臣下や民に敬われるべく振る舞うべきと、即位以前から己に言い聞かせてきた。幸か不幸か稀なる炎駒として生まれつき、その強大な力ゆえに、尊敬だけでなく畏怖の念まで抱かせることになったが、方壷を統(す)べるにはむしろ効果的だったと思っている。

ちなみに通常の麒麟と比べて、知力体力が勝るのはもちろんのこと、仙術(せんじゅつ)をよく操る。人間界の動向を知りえたのも、鏡や水面に景色を映して窺えるからだ。

焔凌は杯を置いて片手を上げた。

「わからんな。なにが変わったというのか」

「恐れながら、ずいぶんと丸くおなりかと」

こういうときに明歩なら、己の姿を見下ろして「えっ、太った？　ここの食べ物美味しいからなあ」などと言うのだろうと思ったら、つい口元が緩んでしまう。

おお、と諸公がざわつき、焔凌ははっとして咳払いをした。

「……そんな意識はないが」

「落ち着かれたと申しましょうか。お気づきでいらっしゃいますか？　このところ、浪玉宮のいずこにも、破壊の跡が見えませぬ」

太傅の言葉に、焔凌は息を詰めた。

自己評価ではそう荒々しいつもりはないのだが、炎駒は元来気性も激しく生まれつくという。そこに桁外れの力が加わって、喜怒哀楽が感情だけにとどまらず、なにがしかの念波のようなものを吐き出すらしい。らしいというのは、焔凌自身には自覚がないからだ。

炎駒王の統治は国を栄えさせるも滅ぼすも表裏一体と過去には言われていて、諸公や殿中省の面々は、焔凌の機嫌を損ねることがないように、秘かに緊張を強いられていた――ということらしい。

それでも池の畔の大岩があらぬ場所に転がっていたり、壁に穴が開いていたりという状況は、たびたび目にしていた。

もしやと思ってはいたが……やはりあれは私の仕業だったのか……。

肩身の狭い思いで視線を逸らすと、太傅はくつくつと笑った。

「それもこれも皇后さまがおそばにいらっしゃるからでございましょう」

「まさに。当初はどうなることかと戦々恐々としておりましたが」

「なにしろ皇后さまも変わったお方でございますからなあ――いや、失礼……」

口が滑ったとばかりに肩を竦める司徒に、焔凌は首を振った。

臣下らが焔凌を腫れ物に触るように扱っていたのなら、明歩の態度は目を瞠るものだっただろうと想像がつく。なにしろあのとおりで、焔凌を王とも思わないような言動だし、異界から乗り込んできた押しかけ女房だ、しかも男の。

間違いなくひと波乱あると覚悟していたところが、意外にもうまくやっているようで、そればかりか、焔凌から剣呑なところがなくなった。これは案外最適な巡り合わせだったのかもしれないと、臣下の間で明歩の評価はうなぎ上りらしい。

ひとしきり話を聞いた焔凌は、嘆息しておかわりしたお茶を啜った。

「おまえたちもあいつとつきあっていればわかる。いちいち気にしていたら、こちらの身が持たない」

なんでもずけずけ言うし、尽くすと口にするものの、焔凌を王として敬っているのかどうかも怪しい。これは明歩いわく「妻として夫に尽くしてるつもりだけど？　それに王さまだってなんだって、おかしいと思ったら言うだろ。むしろ王さまだからこそ、誰からも褒められるようでいてほしい」ということだそうだが。

つまり私はまだ、褒められるに足りない王だということか……？　あいつ目線だと。

目線といえば、明歩はいつも焔凌を真っ直ぐに見つめる。そこにごまかしや嘘はないと感じられる。

伴侶というポジションで鑑みると、これまでに漠然と描いてきたイメージとは程遠い。夫唱婦随で、何事にも言い返さずに後をついてくるものだと思っていた。妻が意見をする、ということすら心外だった。

……まあ、人間の男だからな。常識の範囲には収まらないのだろう。

しかし嫌だとか改めてほしいとかは思わない。本音から生じる言葉や行動を制したら、それは明歩ではなくなってしまう。

裏表がなくあけっぴろげで素直なのは、明歩の美点だ。

見た目に関しても、今は特に気にならない。人間界には「美人は三日で飽きる、ブスは三日で慣れる」という言葉があるそうだが、たしかに慣れてしまった。

いや……人間基準なら、明歩は美形の範疇なのだろう。

黒髪に黒い瞳、肌は一律に鳥の子色で色彩に乏しいが、艶やかな衣装が映える。

焔凌は今も折に触れて人間界の様子を窺っているが、映し出される人間の誰を見ても、明歩ほど目を引かない。

それはおそらく、見た目だけでなく内面も知っているから、焔凌とのやり取りで見せる反応にも惹かれるからなのだろう。

そう、閨事での様子もいい。

我知らず焔凌の口元が緩む。

なんといっても抱き心地がいいのだ。行為そのものに大きな快感が伴うのも事実だが、単純に抱きしめても心地よくて、最近はふたりでただ部屋にいる間も、つい引き寄せて膝に乗せてしまう。

もちろんおとなしくされるがままになっていることは半分くらいで、やれ衣装を作りすぎだとか、鳶子が世話を焼きすぎだとか、たまには後宮に足を向けろだとかの改善点を羅列されたり、突き飛ばされて手を引かれ、暇なら城内を案内しろと連れ出されたりする。

照れ隠しなのかと思ったが、すぐにそういう質ではなかったと思い直した。実際その気があるときには、自ら近づいてきてスキンシップを図る。いまだにこちらの衣装に慣れないのか、最初に潔く全裸になってしまうのは閉口するが。

……まあ、それはそれで、じっくり姿を堪能する機会ができて悪くはないのだが——。

己がにやけていることに気づいてはっとすると、諸公らが見てはいけないものを目にしたように、慌てて視線を逸らす。

焔凌は咳払いをしながら席を立ち、窓辺に向かった。

「あっ、焔凌！」

声のしたほうに目を向けると、明歩が回廊の向こうで両手を振っていた。

「今ね、すごく大きくてきれいな鳥がいたんだ。羽が五色のやつ。クジャクみたいな」

「鳳凰(ほうおう)ではないか？　西の池が気に入りだ」

「あれが⁉　うわ、行ってみる！」

「おい、場所がわかっているのか？」

窓から身を乗り出していると、諸公たちは三々五々に立ち上がった。

「朝議も済みましたし、皇后さまをご案内されてはいかがでございましょう」

太傅に提案されて、焔凌は頷いて広間を出た。

回廊から庭に降り立ち、左右に目を巡らせる。けっこう物おじせずに歩き回る明歩だけれど、方向感覚は今ひとつのようで、よく迷子になっている。

西と言ったつもりだが……逆方向も見たほうがいいかもしれんな。

そう考えて踵を返すと、ふいに背中が重くなった。肩から前にすんなりとした腕が絡む。

「サルか、おまえは」

「会議終わったの？　一緒に鳳凰見に行く？」

太腿で焔凌の腰を挟み、本格的におぶさってきた明歩の尻を片手で支える。こんなところを諸公らが目にしたら、目を丸くするだろう。

「池に行くなら向こうだ」

「あれっ？」

反対側に歩き出した焔凌に、明歩は首を傾げた。

「おかしいなー、あっちじゃないの？　焔凌だってあっちに行こうとしてたじゃないか」

「おまえなら逆に進むと思っていたからだ」

「人を方向音痴みたいに」

「みたいではなくて事実だろう——痛っ……なにをする」

項に鋭い痛みを覚えて振り返ると、明歩は得意げに指を差し出した。鬣が一本、つままれている。

「見て、きれい！　一本でもはっきり五色なのがわかる。女人たちが言ってたとおりだ。他の麒麟より色が鮮やかなんだね」

明歩の指の中で、鬣がくるくると回る。

「ねえ、知ってた？　炎駒の鬣はお守りになるんだって」

「……ならば持っていればいい。しかし抜く前にそう言ってくれ」

「ありがとう！　じゃあ、二十本くらいいただくね」

「なんだと!?　あ、つっ……」

人間の頭髪と比べて、麒麟の鬣は太い。抜かれればダメージも大きい。

「ネコのひげみたいだよね。あ、知ってる？　ネコのひげを財布に入れとくと金運が上がるって言われてるんだよ」

「一緒にするな。こら、もう終わりだ」

しつこく抜きにかかろうとする明歩を後ろ手に摑まえて、背中から下ろした。憎らしいことにけっこうな数の鬣をつまんでいて、それをいそいそと懐にしまっている。

「さぞかし安全になることだろうな」

嫌味を言っても、明歩は笑って応えない。そもそも嫌味だと気づいているのかどうか。

「あっ、実がなってる！　すごく美味しそうなんだけど！　食べられる？　うわ、いい匂い！」

明歩が捥いだのは、平たい形をしたモモだった。

「蟠桃という。そちらの世界にもあるはずだぞ」

「モモなの？　食べたことない。食べていい？」

返事をするより早く明歩は蟠桃にかぶりつき、「甘い！」と歓声を上げた。

「ほんとにこっちの食べ物は美味しいよね。それだけでも来た甲斐があったな。あとはスマホが使えたら申し分ないんだけど」

「だから人間界にも蟠桃はあると言っているだろう。それからその、すまほ？　だがな、単に現物があれば済むという話ではないのだぞ。通信設備を整えることから始まって——」

焰凌も明歩に話を合わせるうちに、人間界の文明に詳しくなってしまった。

「いいじゃん、国営キャリア作っちゃえば。便利だよー。仕事が増えれば働き口も増えるし」

「今のところ暇を持て余している者はいない」

そんな無駄話をしながら歩くうちに、西の池が見えてきた。鳳凰のつがいが水辺で羽を休めている。

「きれい……」

しばし並んでその姿を眺めていると、ふと明歩が焔凌を見上げた。

「麒麟繋がりで鳳凰とかも調べたことあるんだけどさ、鳳凰もわりとパーツごとにいろんな動物の寄せ集めだと思ってた。ふつうに鳥だよね、どこからどう見ても。色はまあ、現実離れしてるけど」

「現実離れというが、これが現実だ」

「そうなんだよ。伝わる段階で変わっちゃうのかな。伝言ゲームみたい。麒麟なんてその最たるものだし。首から下が人体だなんて、思ってもみなかった」

「あいにくだったな」

焔凌が呟くと、明歩は目をぱちくりさせる。

「なんで？　言い伝えどおりの姿にもなれるんだろ？　見せてくれないけど。それにだめだとかがっかりだとか言ってないし。人体のほうがなにかと都合がいいしね」

明歩はそう言って、寄り添う鳳凰のように、焔凌の腕に抱きついてきた。

例によって後宮で遊んだ帰り道、花壇で数人の乙女（もちろん麒麟）が花を摘んでいる姿を見かけた。

宮殿内の各所に花を活けるのは女官の役目だが、その花を用意するのは年若い女官見習いたちだ。

装束の違いを頼りにするところもあるけれど、明歩もけっこう麒麟たちの見分けがつくようになってきた。花壇にいる面々は、初々（ういうい）しく可憐で表情も柔らかい。なによりここまで朗らかなはしゃぎ声が届く。おそらく人間にしたら女子中高生あたりだろう。

ああ、いいなあ女子。和むよね。

しかしそう思うのはあくまで景色の一部としてで、間違ってもつきあいたいとか、そういう意味ではない。いや、本来ならそう思っても不思議ではないというか、それが当たり前なのだけれど、恋愛対象やそれ以前のつきあいすらも、想像が及ばない。

すでに自分が既婚者だから、ということもある。しかし世の中には不倫なんて言葉があるくらい、既婚者の色恋沙汰は多い。

あー、でも俺はないな。なんたって比翼連理の相方がいるし。

だが、それが抑止になっているというわけでもない。それでも、焔凌以外とどうにかなりたいとは微塵も思わない。

まあ、新婚ひと月にしてそんなふうに考えることがどうなんだという話だけれど、そもそも焔凌と明歩は恋愛をしてくっついたわけではない。明歩は幼いころから両親たちに言い聞かせられ、焔凌は偶然押しかけに成功した明歩に押し切られてのゴールインだ。最初に焔凌が言っていたけれど、そこに愛はなかった。

それはそうだろう。互いに初対面だったし、どちらも男が好きというわけでもなかった。

それが今や、ふつうに夫婦をやっているのだから、なるようになるものだ。しかも明歩に限っては、かなり焔凌を好きになっている。結婚相手が焔凌でよかったと思うくらいには。

王さまだけあって、初めは傲岸不遜(ごうがんふそん)に見えたのだが、ちゃんと明歩を見て話も聞いてくれる。お小言もあるけれど、一緒にいて楽しそうに笑うこともある。そしてベッドでの焔凌は、誰よりも魅力的だ。

いや、エッチがメインじゃないんだよ、決して。そりゃまあ、多分に理由のひとつではあるけど、それだけで一生を共にしようとは思わないし。ん……？　夫婦だからエッチを重要視するのは当たり前なのか？

自問自答していると花壇のほうから悲鳴が聞こえて、明歩は回廊を飛び出した。

「どうしたの？」

「あっ、皇后さま！」

身を寄せ合って一点を見下ろしていた少女たちは、明歩の呼びかけにはっとしたように振り返った。よほど驚いたのか、せっかく摘んだ花が地面に散らばっている。

「蝦蟇が……」

震え声とともに動いた視線を辿ると、月下香の葉陰にぬらりとしたまだら模様が見えた。数歩近づいて覗き込むと、拳より大きなカエルだった。半眼を開いてじっと明歩を見上げている。

「うわ、これは……」

キモい。見た目だけで評するのはいけないのかもしれないけれど、視覚でしか判断しようがないのだからキモい。

もともと明歩はぬるっとした生き物が苦手で、ナメクジを見つけただけで息を呑むし、カエルに至っては小さなアマガエルですら触れない。

「なんて恐ろしい……」

しかし脅える少女たちの前で、一緒になって震えるのは、男の沽券に関わる。呼称こそ皇后さまだけれど、れっきとした日本男児だ。

「……な、なあに、こんなカエル。今、追い払ってやるよ」

いささか及び腰になっているのは認めるが、身を屈めてカエルに手を伸ばした。

「皇后さま、危のうございます！」

「おやめくださいませ！」

いや、ここで引きさがったら男じゃないだろ。

それにしても、見れば見るほどキモい。まだら模様は赤が交ざっているせいで毒蛇のような凶悪さをかもしているし、明歩が近づいても逃げるそぶりもないところがふてぶてしい。げこ、と小さく鳴いたのに肝を冷やしたが、驚きに危うく声を上げそうになり、少女たちの前で恥をかかされそうになった腹立たしさに、一気にカエルを持ち上げた。

「皇后さまっ……！」

少女たちの悲鳴が響く中、明歩も叫べるものなら叫びたかった。

感触もキモいーー！

一刻も早くリリースすべく、明歩はカエルを抱えたまま塀に駆け寄り、隙間からカエルを放り出した。

……ミッションコンプリート。

それにしても手のひらが粘ついていて気持ち悪い。少しでも落とそうと、両手を擦り合わせながら花壇に戻る。

「外に出してきたからもう安心だよ」

そう言って笑いかけたのだが、少女たちは蒼白（たぶん）になってガタガタ震えていた。先ほどまでよりも脅えている様子なのは、どうしたことだろう。

「……こ、皇后さま……お加減は……」

「えっ、なにが？　べつに――」

言いかけて、指先のほうから急激に痺れるような痛みを感じた。それはたちまち肩先まで走り抜け、空気に触れることさえ針で突かれるような衝撃をもたらす。

たまらず膝をついた明歩に、少女たちが叫んだ。

「皇后さま、お気をたしかに！」

「誰か！　皇后さまが！」

「蝦蟇の毒に！」

痛みのあまりに倒れ込んだ明歩は、毒と聞いて唸る。

そういうことは先に言ってほしかった……。

どうりで少女たちが恐れ慄いていたはずだ。触っただけでこんなに強烈な症状が出るような毒なら、明歩の行動はさぞ破天荒だったことだろう。

騒ぎを聞きつけてやってきた使用人や臣下たちに抱えられ、明歩は宮殿内へ運び込まれた。

「蝦蟇を素手で摑まれたですと⁉　なんということ……」

呼びつけられた薬師は明歩の愚かな振る舞いを嘆きながらも、せっせと薬を煎じて飲ませてくれた。そのころには発熱して、痛みと合わせて朦朧としてしまって、明歩は言い返すこともできなかった。もっともすべては無知だった自分のせいで、言いわけのしようもなかったけれど。

「蝦蟇の毒は軽視できませぬぞ。個人差ながら、命を落とすこともございます」

マジで⁉

そんなに危険な生物なら、日ごろから見回りして退治に努めてほしい。

「蝦蟇は土中に過ごすこともあるからな。念のために庭を掘り返して、見つけたら駆除するように命じておいた」

焔凌は先回りしたようにそう答えて、明歩の手を握った。

「まったく……少しは人の話を聞いてから行動しろ」

「……ごめん……あ、触らないほうがいい……」

明歩の手から毒が焔凌に移ったりしたら大ごとだ。

「案ずるな。シキミの搾り汁で消毒してある。あとはおまえの体内から毒が抜けるのを待つだけだ」

シキミって毒があるんじゃなかったっけ……？　ああ、毒をもって毒を制す的な……？

いつの間にか薬師や鳶子らは部屋を辞したらしく、熱のせいでぼうっとした耳に、明歩自身の荒い呼吸だけが聞こえる。

これまで風邪でしか寝込んだことがない明歩は、経験したことがない高熱と痛みに呻くしかなかった。症状はいつ治まるとも知れず、むしろひどくなっているように感じる。

死ぬこともあると言った薬師の言葉が、じわじわと現実味を帯びてきて、それを振り払うようにぎゅっと目を瞑る。熱のせいで潤んだ目から涙が溢れ、こめかみに伝った。

それを生麻の布で拭われ、明歩は焔凌を見上げる。

「……俺、死んじゃうのかな……」

万にひとつもないだろう確率でこの世界に飛ばされ、元の世界では行方不明状態のまま、たぶん一定期間が過ぎたら死亡ということになるのだろうけれど、それと実際に死んでしまうのとでは大違いだ。

いや、人間界に未練があるわけではない。生きていても戻ることはないだろうし、強く戻りたいとも思わない。

単純に未知の死が怖いということもあるけれど、それ以外に——なんだろう、ひどく名残惜しいような気がしてしかたがない。しかしなんの未練があるのかと思う。

元は周囲に決められたことで、自分から積極的に抱いた目標ではなかったけれど、現実にこの世界へやってきてしまい、それならば自分はやはり麒麟の伴侶になるべきなのだと思った。そして、それはもう叶っている。

焔凌の妻として正式に皇后の地位にも就いた。さすがに子どもは作れなかったけれど、できる限り妻らしくしてきたつもりだ。期間は短いかもしれないが、目的を達したのはたしかだろう。

それがなぜ、こんなに未練を感じているのか。

焔凌にしても、明歩の押しに負けて夫婦となったけれど、そしてその絆は比翼連理で断ち切れないものだというけれど、明歩がいなくなったら晴れて麒麟の女性を娶れるはずだ、たぶん。

そこまで考えたところで、胸まで痛くなってきた。

毒の症状がさまざまだというのは麒麟に関しての話で、人間の場合は致死の毒かもしれない。実際こんなに苦しいのだから、その可能性は大いにある。

「……マ、マジで死ぬ……かも……」

「ばかなことを言うな」

明歩の頬を大きな手がそっと包んだ。熱のせいでひんやりと心地よく、明歩は猫のように頬を押しつける。

「蝦蟇の毒くらいで死ぬなどと……いつもの元気はどうした」

「だって……」

「死なぬ。死なせはしない」

力強くそう言われると、なんとなくそうだろうかという気にもなってくる。

「だいたいおまえはまだこの世界を充分堪能していないだろう。食していないもののほうが多いし、そうだ、市も見ていない」

それはたしかにそうだ。これまでに食べた美味珍味を思い出すと、未知の食べ物を知らずに終わるのは惜しい。

それに市！　絶対行きたい！

明歩を見下ろして、焔凌は口端を上げた。

「よけいなことは考えず、少し眠れ。休息がなによりの薬になる」

「うん……」

明歩は目を瞑り、引き込まれるように眠りに就いた。


鳥の囀りで目が覚めたときには、窓から朝の光が差していた。

……あれ……？　生きてる。ていうか、痛みも熱もない。

多少の怠さは感じるけれど、エッチをしすぎた翌朝に比べれば快調といっていい。

「気分はどうだ？」

ふいに聞こえた声に、明歩は目を動かした。寝台に腰を下ろした焔凌が、明歩の手を握ってい
た。それは眠りに落ちる前とまったく同じで、つまりひと晩中こうしていてくれたのだろうか。

「……あ、うん、全然平気。あの……、ずっといてくれたの？」

「おまえが手を離さなかったからな」

明歩が慌てて手を離すと、焔凌は伸びをして牀から下り立った。

「朝議の時間が迫っているから行く。鳶子に伝えておくから身体を拭いて、食べられるようなら
食事をとるといい」

「あ……ありがと……」

扉に向かう後ろ姿がいつもよりも姿勢が悪いように見えるのは、無理な体勢でひと晩過ごしたせいだろうか。公務もあるのに悪いことをしてしまった。

入れ違いの勢いで鳶子が現れ、明歩を見て安堵の息をつく。

「皇后さま、よかった……！　お加減はいかがですか？　今、身体をお拭きいたします」

温かな湯に浸した布で全身を拭いてもらうと、心身ともにさっぱりとして、蝦蟇の毒に唸っていたのが嘘のように思える。自分の狼狽ぶりが恥ずかしくなってくるほどだ。

「ごめんね、騒がせて。みんなにも心配かけちゃって」

「とんでもない。あの症状ではわたくしどもにはなにもできず……主上にお任せしてしまって、申しわけない限りでございました。しかしご回復くださってなによりでございます。さすがは炎駒王のお力でございますね」

深衣を着せかけてもらいながら、明歩は首を傾げた。

「炎駒王の力って……」

「主上が皇后さまの毒を仙術で吸い取ったのでございます」

「えっ……」

そんな力を持っているのかと驚きながら、なぜそう言わなかったのだろうと訝しむ。しかしその答えはすぐに出た。

焔凌が疲れているように見えたのは、きっと明歩の毒を引き受けたからだ。そんなふうになると事前にわかっていたら、明歩が拒むと思ったのだろう。だって……拒否るに決まってるじゃん。焔凌は王さまで、この世界になくてはならない存在なんだから。それをみすみす危険な目に遭わせるなんて……自分が助かるためでもしてほしくない。焔凌の前で死んじゃうかもとか、弱音を吐いたことが悔やまれる。自業自得で毒に苦しんでいる明歩の身体より、焔凌のほうがずっと大事な身なのに。

焔凌が明歩にそこまでしてくれるなんて、想像が及ばなかった。尽くすと言いながら、自分のそれは形だけだ。比翼の鳥と言いながら、焔凌にほとんどを任せて飛んでいる。しかしずっと手を握っていてくれたことが嬉しくもあって、明歩は自分の手をぎゅっと握りしめた。

数日後、浪玉宮に多数の商人がやってきた。二十日に一度、食材食品を始めとして絹織物、皮革製品、陶磁器や玻璃、玉（ぎょく）や貴石の装飾品などそれぞれの物品を扱う商人が、城内市場のようなものを開く。

「もうすぐ？　南門の広場だよね？　ああ、楽しみ！」

明歩は朝からそわそわして、部屋の窓から身を乗り出していた。

「朝議が終わったら、一緒に行く？」

「いや、私はいい。好きに見てくるといい」

　もともと後宮の女人向けの外商だったものが、次第に使用人たちや臣下の買い物の場に変わっていったので、王や身分の高い者は利用しないのだという。

「子どものころに何度か見て回ったが、特に欲しいと思うものはなかったな。値段が手ごろな分、品物もそれなりというか」

「玉石混淆（ぎょくせきこんこう）だから、見て回るだけでも面白いんじゃないか」

　幼いころから極上品に囲まれてきた焔凌には、見劣りがしてつまらないのかもしれないが、質のいいものや稀少なものばかりがすべてではないと、明歩は思うのだ。チープでも味があるものはいい。

「まあ気晴らしにはいいだろう。楽しんでこい」

　焔凌に送り出された明歩は、意気揚々と南門を目指した。

　途中で帯に挟んだ巾着を確かめる。

「よし、軍資金もＯＫ」

　身ひとつでこの世界にやってきた明歩は、当然のことながら無一文だった。まあ、金があったところで、ここでは通用しない。

　日々の生活は金を必要としなかったから、こちらの貨幣を目にしたのはつい最近だった。

それってどうかと思うわけだよ。現代社会は王族だって、子どものうちから自分で買い物してるっての。その辺、麒麟の高貴な人たちも改めたほうがいいんじゃないかなー。

自分で使ってこそ、金や品物の価値も実感するというものだろう。働いて稼げばなおさらだ。まあ、そういう明歩もアルバイトすらしたことがないので、偉そうなことは言えないが。

しかし今回は、初めて対価を得た。先日、焔凌の鬣を二十本ばかりいただき、霊験あらたかしい炎駒のそれをお守りとして、後宮の女人たちに譲ったのだ。

女人たちにはお守りというより、焔凌の鬣だというところがミソだったのかもしれないが、それはもう飛ぶように売れて、即刻完売のありさまだった。

……うん、まあ、ちょっとズルかったのは認める……。

自分で稼いだと胸を張りにくいのは、肉体労働をしたわけでもなければ、焔凌から引っこ抜いただけで仕入れ金もなしという収入だからだ。

しかし明歩も初めは、アルバイト的なことをして稼ごうと思ったのだ。宮殿内の掃除とか、草むしりとか。仕事中の使用人にさりげなく近づいて作業に加わろうとしたのだが、どこへ行ってもすぐに止められた。皇后さまがなさることではございません、と。

『人手はちょっとでも多いほうがいいだろ。気が咎めるっていうなら、お駄賃くれてもいいし(むしろそれが重要)』

そう言ってみたのだが、

『仕事の出来がご不満なのでしょうか。精進いたしますので、どうか働かせてください！』

と必死になられてしまうと、それ以上我を通すこともできなかった。

一般的な主婦なら、家計を預かる中で切り詰めた分をへそくりするのも可能かもしれないが、あいにく皇后の明歩は、それにも縁がない。

そんな中で、後宮で女人たちと四方山話（よもやまばなし）の間に、炎駒の鬣がお守りになるという話を聞いた。

厳密には炎駒だけでなく、黒白赤青の麒麟の鬣ならみんなお守りになるらしい。

『手に入るものなら、金子（きんす）に糸目はつけませんのに』

ため息交じりの呟きを耳にして、明歩は一計を案じた。

繰り返すが、決して悪徳商法的な思惑でしたのではない。稼ぐ手段を封じられて、背に腹は代えられず、なのだ。

だから女人たちが差し出してきた金も、銀貨一枚を受け取るだけにした。そもそもこちらの世界の貨幣価値がわからない。

とにかく買い物ができる金があればいい。あとはそれで買える範囲で、いかに値打ちものをみつけるか、だ。

「おっと、忘れるところだった」

明歩はひとりごちて、薄地のショールのような披帛（ひはく）を頭からすっぽりと被った。

なにしろ明歩が明歩だということは一目瞭然だ。ドラゴンフェイスの中に人面がひとり、目立つとか目立たないとかの話ではない。

べつに疚しいことをするわけではないけれど、否応なく一挙手一投足に注目されてしまうのは目に見えていた。

明歩がいることで場の空気を変えてしまうのも本意ではないし、場合によっては値段交渉などもするつもりなので、相手に気をつかわせてしまうのも嫌だ。最悪、お金はいりませんなんて言われたら、これまでの努力が無駄になってしまう。

そういった意味でのほっかむりだ。服も地味目なものを選んだので、きっと貴族の小姓あたりに見えるだろう。

準備万端整えて南門を目指すうちに、徐々に人通りが多くなってきた。建物の角を曲がると、一気に広場の景色が目に飛び込んでくる。

「わ、あ……」

決して狭くはない広場に、色とりどりの布を張った天幕が軒を連ね、敷物が敷き詰められ、さまざまな品物が溢れんばかりに並べられている。それぞれの店の前で品定めをしている客の姿もあり、場所によっては黒山の人だかりになっていた。

喧騒と食べ物を含めた雑多な匂いが漂い、ふだんの城内では味わえない独特の賑わいに、それだけでも心が浮き立つ。子どもたちが歓声を上げる中には大道芸人もいて、さながら人間界の祭りか縁日のようだ。

明歩は小走りに進んで、端から店を覗いていく。つい匂いにつられてしまって、飲食の屋台がまとまっているほうから見て回った。

「旨いよ！　花巻き揚げだよ！」

油でからりと揚げた饅頭（マントウ）の皮にたっぷりのハチミツを絡めた菓子に、明歩の視線は吸い寄せられた。

間違ないじゃん、あれ！　いいな、食べたいな……。

しかし頭を披帛で覆った姿では、飲み食いはできない。その場で食べてこそのジャンクフードだ。

それに、目的を果たさないうちに無駄づかいはできない。買うものを見つけるのが先だ。

肉の正体は定かではないが、焼き鳥風にタレを絡めた串焼きや、白玉と茹（ゆ）で小豆（あずき）を甘いシロップで和えたスイーツ、どこからどう見てもお好み焼き以外のなにものでもないスナックなど、明歩は引き寄せられてはかぶりを振って離れるを繰り返して先に進んだ。

「おじちゃん、きんぎょ！　きんぎょつくって！」

「あいよ！」

飴細工の屋台では、子どものリクエストに応えて店主が飴を引き伸ばし、黄金色の糸のようにきらめかせながら金魚を形作っていく。

「あっ、しっぽだ！　ひらひらしてる」

「てもはえた！」

いやいや、きみたち。手じゃなくてヒレだよ。

そう胸中でツッコミながらも、明歩も食い入るようにして職人の手さばきに見入った。

店頭には客寄せに巨大な龍や、花をつけた梅の枝などの飴細工が飾られていて、それは見事な出来栄えだった。

続いて絹織物や帯、披帛、靴といった服飾品ジャンルが始まり、客層も目に見えて女性が多くなる。

「ああ、どうしましょう。迷ってしまうわ」

「そういうときは、思い切って両方買うのよ。しないで後悔するより、して後悔したほうがいいって言うでしょ」

「そ、そうよね。あっ、あれもいいわー」

女性の買い物は時間がかかるとよく言われるけれど、なるほどこの界隈は人の流れが極端に鈍っている。店先に陣取った客がなかなか動こうとしないので、順番待ちの客が溜まる一方だ。

明歩の目当てのものはなさそうだったけれど、せっかくの市なのだからひととおり見ておきたい。

明歩は身を屈めるようにして客の間から顔を出し、商品を眺めた。反物は絹が多く、金糸銀糸の縫い取りや刺繍を施してある。これを衫や裳に仕立てるのだろう。

隣には仕立て済みの義衿や帯、飾り紐が並び、着飾ることに興味が薄い明歩も、その鮮やかな色彩には目を引かれた。

しかし最近の自分の服装を顧みると、これらに負けず劣らずではないだろうか。いや、派手なのは好まないから色彩的にはそうでもないけれど、織物の光沢や縫い取りの繊細さ、飾りに付けられた玉や貴石の輝きなど、明らかに自分の持ち物のほうが高価だと素人目にもわかる。

焔凌が選ばせたものだから当たり前といえばそうなのだが、なんとなく今までの意気込みが削がれていくような気分だ。

高いばかりがいいものじゃないという明歩のスタンスは変わっていないけれど、他人にそれを強制するのは不可能だ。ましてや焔凌は生まれながらの高貴な身分で、すべてが一流品、いや最高級品に囲まれてきただろうことは想像に難くない。

つい先ほども、市の品物は値段も手ごろで品質もそれなりだと評していた。欲しいものなどなかった、と。

そうかもしれないけどさ……。

明歩は客の間をすり抜けて、覗き込める程度に離れた位置から店を巡った。

気持ちの問題なのだ。この世界に来て、嫁として迎え入れてもらい、それ以降は焔凌から有形無形の恩恵をこれでもかというほど受けている。

まあ、妻という立場上、養われるのも自然なことなのかもしれないが、なにしろ相手は麒麟の王さまだ。庶民の明歩としては高待遇がすぎて、ときに居心地が悪いくらいだった。たぶん与えられる一方なのも理由なのだろう。

妻になったとはいえ明歩も一端(いっぱし)の男なので、単純に喜ぶだけではいられないのだ。面倒な性(しょう)だと思いもするけれど。

というわけで、この市で焔淩にささやかなプレゼントをするつもりでいる。もちろんそれでチャラになるなんて思ってもいないから、感謝の気持ちだ。

いつの間にか思いにふけっていた明歩は、鳥の囀りに意識を引き戻された。声のするほうを見上げると、屋台の軒先にいくつもの籠が吊り下げられて、大きさも色もさまざまな鳥が鳴き声を競っていた。

足元の籠には仔犬や仔猫がもぞもぞしていて、その中の一匹を抱き上げた子どもが、母親に連れて帰りたいとしきりに訴えている。いわゆるペットショップのような店らしい。

愛らしさに思わず相好(そうごう)を崩した明歩だが、買う気もないのに長居するのは目の毒なので、そそくさと先へ進む。

燭台や文机(ふづくえ)などインテリア小物類の店、刀剣や弓矢などの武具の店を通り過ぎ、装身具や宝飾品を扱う店が並び始めた。

この辺はまさにピンきりで、たとえば玉にしてもひと摑みいくらのものから、座布団に鎮座した宝玉まで揃っている。

貨幣価値がわからなかった明歩も、端から市を巡るうちに、おおよその感覚が摑めていた。それから計算すると、明歩の所持金は現代日本なら二万円前後というところだ。

てことは、焰淩の鬣が一本千円くらいで売れたってことか。

元手がかかっていないので少し心苦しいが、お守りの値段としては妥当なところだろう。女人たちに差し出されるままに受け取らなくてよかった。

焰淩は真紅の貴石を刳り貫いて作った指輪を身に着けているが、それより色が薄い石がはまった指輪でも、驚くほど値が張った。いったいどれほどの価値がある指輪なのだろうと、夜には寝台の端に無造作に置かれていることに、今さらハラハラしてしまう。

気持ちなのだから値段は関係ないと自分に言い聞かせながらも、そもそもここで見繕うのは無理があるのではないかと思えてきた。明歩がいた世界でも、二万円で買えるのはカジュアルなアクセサリーだろう。

目についたものを片っ端から値段を尋ねていったのだが、持ち金とかけ離れすぎている。試しに金額を告げてみたところ、示されたのはどれもピンとこなかった。

次の店でも同様で、さらに次に向かう。そこは加工品が少なく、穴を開けた玉や貴石に錦紐を通して小物を作ってくれる店のようだった。

「……あっ……」

いくつもの四角に区切られた箱に大きさや色別で入っている玉に、明歩は注目する。たまたま枠の中にふたつ入っていたこともあって、その紅玉は焰淩の目を連想させた。

「……これ。これふたつとも欲しい。いくら？」

「んー？　そうだなあ」

店主が提示したのは、明歩の所持金より一割ほど高かった。

一割なら値引き交渉の範囲内か……？

「ひとつしか買えない」

「まとめて買ってくれ。一個残っても耳飾りにもできない」

元より明歩もそのつもりだ。もう紅玉が焔凌の目にしか見えないので、片目は縁起が悪い。

「俺の全財産」

明歩は巾着を取り出し、中を見せた。

「足りないな」

「おまけしてくれない？　また買いに来るからさ」

腕組みをして首を傾げる店主は、明歩の出で立ちを見て算盤(そろばん)を弾いているらしい。今後も客となるかどうか。

「そうだなあ……」

「あっ、じゃあじゃんけんしよう。俺が勝ったら巾着ごと交換」

巾着袋も手の込んだ刺繍や真珠粒が縫い留められたもので、差額分くらいにはなりそうだ。店主もそれを見抜いたのか、渋々の体で頷いた。

「じゃんけん、ってなんだ？」

明歩はルールを説明し、一回勝負を告げた。気迫を込めた拳を振り上げる。

「いくよ。じゃんけん――」


一方――。

朝議に向かうため、焔凌は一緒に部屋を出たのだが、明歩がそのまま東門の方向に足を向けたので、南門への道筋を示してやって、その背中を見送った。

相変わらず方向感覚が怪しいな……。

焔凌が朝議から戻っても、まだ部屋に明歩の姿はなかった。

これ幸いというわけではないのだけれど、鳶子が運んできたお茶を飲みながら、卓に載せた鏡に手のひらを向ける。炎駒の姿がぼうっと霞(かす)んで、代わりに異界の様子が映し出された。人間界――明歩が暮らしていた家だ。

明歩の両親が並んで、白木の祭壇に祈りを捧げている。数珠を手のひらで擦り合わせながら、ひとしきり祝詞のようなものを上げると、ほう、と肩を落とす。

『ずいぶん経つのに、代わり映えしないわねえ』

『神主さまも言ってたじゃないか。徐々に、目に見えない変化は始まってるって。何年かすれば、俺たちは大金持ちだ』

『そうよね。明歩はちゃんと麒麟さまのところに行ったんだもの』

数日おきにこんな会話が繰り返されているのだが、聞くたびに焔凌は眉をひそめる。不機嫌なときの習いで、ひげが忙しなく波打った。

まったく……ひとり息子が行方知れずだというのに、心配も疑いもせず、金、金と……。

焔凌としては、いつ明歩を恋しがって呼び戻そうと行動を起こすかと、日々偵察を怠らなかったのだが、それも杞憂なのかもしれない。

まあ、向こうが騒いだところで、具体的な手段があるわけではないが、明歩がこちらへ渡ってきたように偶然が重なる可能性もある。

それに、両親が明歩の帰還を願うなら、それを明歩に隠すのもどうかと思うのだ。

今のところ明歩から「帰りたい」という言葉はないけれど、本心ではどう思っているのだろう。

幸か不幸かまったくそんなそぶりがなく、この世界を知ることに夢中になっているようだが、自ら望んでもいない捧げものとして今後を過ごしていくよりは、元の世界で暮らしたいと願うのがふつうだ。

焔凌も再三確認したし、それに対する明歩の答えは意外なくらい前向きなものだったが、気持ちは変わってても不思議はない。ことにやってきた当初の精神的に昂っていたころと、落ち着きを取り戻してきた今では、考え方も違うだろう。

……だからといって、帰すつもりはないが。

誓いが立ってしまったから、ということも当然ある。明歩には比翼連理の話を持ち出して、別れが叶わないかのように伝えたが、必ずしも不可能だというわけではない。

実際過去には別れてしまったケースもあった。ただそのときには天変地異が起こり、王が病に伏せったと伝えられている。

それよりも、焔凌自身の意思として明歩を手放したくない。世界が平らかであることももちろん願うが、明歩が焔凌にもたらす驚きや楽しみを、失いたくないと思う。

人間の男の妃など、どうかと思ったが、あれはあれで愛しい――……愛しい⁉

頭に浮かんだ単語に焔凌は狼狽え、反論を組み立てようと思考を巡らせた。しかし考えれば考えるほど、その言葉が事実に思えた。

そうだ、自分は明歩を愛しく思っている。

ひょんな出会いで結ばれた関係だったが、どうやら心もようやく追いついたのだろう。

ここに愛はある……。

だからこそ、明歩をずっとそばに置く。いや、共に生きていく。そのためにも、明歩に郷愁の念が芽生えたようなら、阻止するべく策を講じなければならない。

「焔凌――！」

「うわあっ！」

突然扉が開いて、飛び込んできた明歩に、焔凌は驚きのあまり鏡を取り落としそうになった。

「あっ、危ない！」

揃って手を伸ばし、床にぶつかる寸前で鏡を摑む。

「扉は声をかけてから開けるものだろう」

「ごめん、慌てて……立派な鏡だねえ。あれ……？」

焔凌ははっとしたものの、すでに明歩は鏡が映し出す像に見入っていた。

「これ……うち？　あ、父さんと母さん……」

焔凌はなんと言ったものかと迷ったが、この際正直に説明することにした。

「……現在の人間界の様子だ」

「うわ、ライブ中継？　すっげー」

明歩は目を爛々(らんらん)とさせたが、それは父母を懐かしがっているのとはちょっと違うようで、焔凌は眉を寄せた。

「なんだよー、スマホより進んでるじゃん。衛星通信でも、異世界までは映せないよ。いいなあ、焔凌しか使えないの？」

ネットには接続できないのかとか、操作はどうするのかとか問いながら鏡を触る明歩に、焔凌は待ったをかけた。

「そういうことではなくて、他に訊きたいことはないのか？」

「他に、って？　あ、テレビも見れたらいい――」

「違う！　故郷を……、父母を懐かしみ、恋しく思わないのかと訊いている」

自分から禁忌のふたを開けてしまったと思っていると、明歩はつぶらな瞳をさらに大きく見開いた。

「……なんで？」

「な、なんでと言われても……そう思うものではないのか。ここはおまえがこれまで暮らしてきた世界ではないし、他に人間もいない」

「そんなの今さら言われなくてもわかってるよ」

明歩は笑い飛ばして、鏡を焔凌に返した。そして焔凌の目を覗き込む。

「結婚したんだもん、俺の家族は焔凌だろ？　親と離れて焔凌と暮らすのが当たり前じゃないか」

「……しかし、里帰りもできない。二度と会うことも」

「あー、それはまあ、死んじゃったと思えば同じことだし」

またしてもドライな発言に遭遇して、焔凌はどきりとする。人間とはみな、こんなふうに考えるものなのか。それとも明歩の個性なのか。

「だってさ、相変わらずみたいじゃない？　うちの親。客観的に見て、俺って向こうでは行方不明の立場だよね？　消える寸前は火だるまだったんだし、せめて無事なのかどうかくらい確かめてもよくない？　麒麟さまを信じて捧げられたと思ってるんだとしても、ちょっとくらいはさあ……」

わずかに明歩の肩が下がったのを見て、焔凌はたまらなくなった。

誰が私の大切な明歩を悲しませているのか！　許せん！

しかし明歩はけろりとした顔で、両手を広げてみせた。

「というわけで、薄情な親にはこっちもそれなりでいいと思うんだよね。だめかな？」

「いや、それは……おまえがそれでいいなら……」

本当に親を見限っているのか、それとも痩せ我慢なのか、焔凌にはわからない。しかし明歩がそう言うなら、願ってもないことだ。

「いいよ、ほっといて。あ、でもちょっと嫌がらせくらいはしたいかも。なにか送って、期待持たせてみるとか。でもそれっきり音沙汰なしで。城内市場で適当に買ってくればよかった、って金がないんだっけ」

効果があるのかどうかわからない計画を練る明歩の言葉に、焔凌は気がついた。

「そういえば金を渡していなかったな。うっかりしていた。大したものはなかっただろうが、飲み食いもできなくてはつまらなかっただろう」

久しく覗くこともなかったので、失念していた。

「いや、べつに買い食いがしたかったわけじゃないし、ちゃんと目的は果たせたよ」

「目的……？」

怪訝に思う焔凌の前で、明歩は懐に手を差し入れながらにやにやした。いったいなんだろう？

明歩がこんな顔をするときは、突拍子もないことをしでかしたときと相場が決まっている。

直近では、寝ている間に鬢を三つ編みにされていた。朝の支度にやってきた鳶子に「斬新な御髪でございますね」と言われて気づいた始末だった。

思わず頭に手をやった焔凌に、明歩は手を差し出した。紙に包まれたそれは、握り込めるほど小さい。

「あげる」

「……私に？」

包みを開くと、根付が出てきた。紅玉がふたつ、錦の紐に通されている。

「焔凌の目みたいな色じゃない？　市場を回って、これかなって」

つまり明歩の市場巡りの目的は、焔凌に贈り物をすることだったのだろうか。なんて可愛い真似を、と胸がときめく。

「服だの飾り物だの、焔凌は俺にずいぶんくれただろ？　だからひとつくらいお返しがしたくて。店のおっさん、おまけしてくれた」

そうか、と頷きそうになった焔凌は、はっとして明歩の肩を掴んだ。

「おまけって、おまえ……そもそも金を持ってなかっただろう！　まさか、ただで巻き上げたのでは——」

焔凌が正妃を娶ったことは知れ渡っているし、明らかに麒麟ではない姿に、明歩が皇后だということは一目瞭然だ。それが物欲しげに商品を物色し、つぶらな黒い瞳で訴えかけるように見つめてきたりしたら、献上しますということになるだろう。いや、焔凌の想像だが。

「人聞きが悪い。ちゃんと代金は払ったよ。サービスしてもらったけど。これを買ったから、すっからかんになったの！」

「さーびす？　まあいい。では、その金はどこから手に入れたのだ？　もしや——」

人出が多く、遺失物も出ると聞いている。落ちていた財布をそのままいただいたとか。まさかスリの真似をしたとは考えたくないが。

根付を握りしめて焦る焔凌を、明歩は半眼で見上げた。

「失礼じゃない？　泥棒なんかしてないって。ちゃんと稼いだんだよ」

「稼ぐ？　どうやって？」

「こ・れ」

明歩は手を伸ばして、焔凌の鬣をつまんだ。

「前に二十本ばかりもらっただろ？　あれを売りました。主に後宮の女人に」

「なんだと⁉」

思わず声を上げた焔凌だが、同時にほっとした。いや、皇后が後宮の女人を相手に商売人の真似事をするのはどうなのかとか、しかも品物が焔淩の鬣だとか、元手がかかっていなくて稼いだと言えるのかとか、人の鬣を商売にしてとか、次々問題点は浮かんできたが、焔淩の想像よりはましかもしれない。

「まあ、あまり褒められるような稼ぎ方じゃなかったのはわかってるよ。けど、他に方法がなくて……」

あえて焔淩が言わなくても、明歩も自覚はあるようなので不問にすることにして、焔淩は根付を革の帯に結びつけた。

「……おまえの心づかいとして、ありがたく受け取る。だが、今後は贈り物はいらない」

焔淩の腰で揺れる根付を満足げに見ていた明歩だけれど、それを聞いて納得がいかないように顔を上げた。

「えー、なんでだよ？　鬣で稼いだから？　でも押し売りしてないし、女人たちも喜んでたよ。畑を耕したり、魚を釣ったりして売るならいいわけ？」

「そういう意味ではない」

焔淩はかぶりを振って、明歩を抱き寄せた。

「欲しいものは特にない。おまえがそばにいてくれればいい」

王ともなれば、欲して手に入らないものなどまずない。そういう意味では満たされてきたから、今さら物欲もない。

しかし財力や腕力ではどうにもならないのが、人の心だ。それでも麒麟であれば、焔凌が王だというだけで従うかもしれない。

だが……明歩は……。

おそらく焔凌の権力には靡かない。そういったものには魅力も恐れも感じない。

だから、望む。願う。

焔凌が想うように、想ってほしい。自分を好いて、そばにいてほしい。

そんな願いを込めて囁くと、腕の中の明歩がぴくりと揺れた。続いて両手がしっかりと焔凌の背中に回った。

「離れられない仲なんだろ？　嫌がられてもいるよ。……いたい」


東門を出てしばらく歩くと、周りは一面の草原になる。その辺りまで来て、明歩はようやく焔凌の手を握った。

焔凌は部屋を出るときから手を握ってこようとしたのだが、どうにも照れくさくて数歩先を小走りに進んでいたのだ。焔凌の歩幅が大きいので、疲れるといったらなかった。

おまけにそれを目にした殿中省監の勒庸には、「主上の前を歩かれるとは、何事でございます！

たとえ皇后さまでもお控えくだされ！」とお小言を食らった。

まあそれに対しては焔凌が、「今どき古い。私が許しているのだからかまうな」ととりなしてくれたのでいい。

「こうして手を繋ぐのも、勒庸から注意されるかな？」

「さあ、どうだろう。なにを言われたところで、かまうものか」

「主上のご意向です、って？」

蔓穂が真っ盛りで、草原はピンクに染まっている。明歩は焔凌と手を繋いだまま、走り出した。

「麒麟が言い伝えどおりじゃなくてよかった」

「どういう意味だ？」

「すごく慈悲深いから草を踏むのも嫌がるって、ネットに載ってたよ」

「またネットか。そもそも誤報が多すぎはしないか？　そんな環境をいつまでも欲しがる明歩も、どうかしている」

「えー、だって便利だもん。わからないことも、検索すればたいてい解決するし……ああでも、ここのことは載ってない……んだ、よ……はあっ、疲れた……」

明歩は歩を緩め、合わせて足を止めた焔凌の背中に飛びついた。

「らくちんだー」

「呆れた奴だな。自分から走り出したくせに」

そう言いながらも、焔凌はどこか機嫌がいい。どうも明歩が甘えるのが嬉しいらしい。ことにおぶさったり、膝に乗ったりすると、明らかに顔が緩む。

「あ、あれなに？　池？」

切り立った崖の手前に、水辺が広がっていた。

「……泉だ」

「見たい！　降ろして」

焔凌の背中から飛び降りた明歩は、泉に向かって駆け出した。

大小の岩で囲むようにした水溜まりは、直径十メートル近くあるだろうか。驚くほど澄んでいて、水底の岩まで見通せる。魚はいないようだ。

「きれいな水だねー。飲める？」

「地下からの湧水だ。方壷の名水のひとつに数えられている」

明歩は水辺に身を乗り出して、両手で掬った水を飲んだ。冷えていて、心なしか甘く、渇いた喉を心地よく潤す。

「美味しい！　焔凌も飲めば？」

そう言って振り返ると、焔凌は物言いたげな目を向けていた。

「なに？」

「最初におまえが倒れていたのがここだ」

そういえば、勒庸からそう説明されたのを思い出す。城外へ出るようになったのはつい最近なので、すっかり忘れていた。

「そうなんだ。一度は現場を見ておきたいと思ってたけど、きれいなとこだねえ。あ、言葉が通じたのって、この水を飲んでたからだっけ？」

焔凌はそっぽを向いて明歩を急かす。

「気が済んだら行こう。滝を見に来たんだろう？　向こうの崖だ」

……？　変なの。

明歩は首を傾げながらも、焔凌の後を追い、その背中に飛びつく。

「またおまえは……」

そう言って振り返りながらも、苦笑する焔凌の機嫌が直ったように見えて、明歩は肩に額を擦りつけた。

「いいじゃん。誰も見てないし——」

……あ、あれ……？

ふいに胸苦しいような心地に襲われ、明歩は身を丸めた。

「明歩……？　どうした!?」

「……ちょっと……気持ち悪い……」

もしや泉の水にあたったのだろうか。しかし名水のひとつだそうだし、おかしな味もしなかった。まあ、腐った水になんてお目にかかったことはないけれど。

気づけば風を切る速さで草原を突っ切っていた、らしい。背負われているのに、ほとんど振動が感じられず、目も閉じていたから景色の流れも確かめられなかったけれど、ありえない速さで東門まで戻り、そのまま部屋へ運ばれた。

そのころには気分も落ち着いたのだけれど、不調が消えた分、強い眠気に襲われた。薬師を呼ばなくていいのかと、焔凌が枕元でおろおろするのも鬱陶しくて、

「いいからひとりにして！」

と返して、布団を頭から被った。自分でも不思議なほど、気持ちと体調がころころ変化する。こんなことは今までに経験がない。

あーあ、せっかくのデートだったのに、滝を見そびれちゃった。でもまあ、泉を見たから今日はいいか。この世界で最初に降り立った場所だもんな。一応憶えておかなきゃ。

半分眠りに落ちながらそんなことを考えていると、泉での焔凌の態度が妙だったのをふと思い出した。なんだかあの場所にいるのを嫌がっているように見えた。

そういえば、急に体調が悪くなったのも、あのときだ。もしかしたら、あの場所は人間にはよくないのだろうか。焔凌はそれを知っていて、早々に移動しようとした、とか。

いやいや、その前に焔凌なら、俺がどんなに頼んでも近づかせないだろ、きっと。それに、そもそもあの場所が到着地点だったわけで――。

けっきょくいろいろと不明のまま眠りに落ちた明歩は、翌日からも低空飛行の体調に悩まされることになった。

継続するわけではなく、心身ともに軽くなるときもある。それに具合が悪いといっても、少し頭痛がしたり、腹がごろごろしたり、怠かったりという程度だ。

しかしこの前の蝦蟇の毒以外はこれまでの人生で病気というほどの病気をしたことがなかったので、ちょっと気になる。というか、当たり前のように過ごしてきたけれど、健康なのは重要だと思った。

……まあ、単身異界に飛び込んで暮らしてるわけだから、無意識に気が張ってたのかもしれないよな、うん。俺ってけっこう繊細だし。

などと思っていた明歩は、ふいにはっとした。

泉の場所に行ったことが原因ではないだろう。それならすでに数日経っているのに、症状を引きずっている理由がない。

その症状も、微妙に重くなっているような気がしないでもない。

それはつまり異界に、この方壷で過ごしていることが原因なのではないだろうか。人間の明歩は明らかに異分子で、この世界の生き物ではない。

すでに数か月が過ぎ、今さら感はあるけれど、これまでは持ちこたえていたものが、徐々に崩れてきたとは考えられないだろうか。とびきり健康な明歩だからここまで持ったけれど、本来ならあっという間にぶっ倒れるところだとか。

……そんなの困る！　だって、この世界気に入ってるもん。食べ物も美味しいし、みんな優しくて楽しいし、それに……。

ここには焔凌がいる。契りを交わして夫婦となり、決して離れないと約束もした。それだからというだけでなく、今は離れたくない、ずっとそばにいたいと心から思う。

これが人間には耐えられない瘴気とか猛毒ガスとかが原因だというなら、さすがに対応を考えるけれど、ちょっと怠いくらいなら明歩が我慢すればいいことだ。いずれ慣れる可能性もあるだろう。

しかし明歩のほうは終の棲家のつもりで心を決めているのに、方壷自体に拒まれているのだとしたら、なんだかせつない。


「どうしたんだ、おまえが食事をとらないなんて！」

その朝、どうにも無理そうで、呼びに来た鳶子に朝食をパスすると伝えると、先に起きていた焔凌が寝室に駆け込んできた。

「なんでもない……ちょっと食欲がないだけ。風邪かも」

実際熱っぽいような気もしたので、とりあえず焔凌にはそう言っておく。それでなくても寝台のそばから覗き込んでおろおろしているのだ。あまり心配させたくない。

しかし明らかに症状が重くなっていると感じる明歩としては、体調以上に精神的なダメージが強い。

ここ数日、抱えていた懸念が、いよいよリアルに迫ってきたのかと思うと、ウザいほどの焔凌の心配にも、胸が苦しくなってくる。思わず手を差し出すと、焔凌はそれをしっかりと握って、はっとした顔になった。

「なにか……なにかひと口でも食べてくれ。なにがいい？　ああ、そうだ！　レイシが好物だったな」

よく冷やしたものがデザートに出されたことがあり、明歩がおかわりをしたのを憶えていたらしい。

「待っていろ！　今すぐとってくる！　鳶子、おまえはすぐに薬師を呼べ！」

そう言って身を翻し、寝室を飛び出していった焔凌に、鳶子が声を上げた。

「主上、レイシの季節は終わっております！　……ああ、行ってしまわれた……」

明歩は笑いそうになったが、代わりに涙がこぼれた。

明歩のことを心配して、自ら好物を取りに行ってくれた焔凌の無我夢中な様子が、心から嬉しかった。不調の原因がなんだろうと、絶対に焔凌のそばにいようと決める。

「先生、こちらでございます」

鳶子の案内でやってきた薬師は、明歩の脈をとり、目と舌を見て、胸や腹を触診した。

なにを言われても動揺するまい、内容によっては焔凌に隠しておいてもらおうと、頭の中で算段していると、薬師はあっさりと答えた。

「ご懐妊ですな」

「はっ……?」

明歩は気怠さも忘れて、あんぐりと口を開いた。

今、懐妊と言わなかっただろうか。明歩が知る懐妊といったら、妊娠の比較的丁寧な言い方になるのだが、それで間違っていないのか。

いや、間違ってるだろ。だって俺、男だし……。

「皇后さま、おめでとうございます!」

鳶子が感動したように、胸の前で指を組み合わせる。

「ああ、いけない! 第一報をわたくしが聞いてしまうなんて! 急ぎ主上にお知らせしなくては……」

鳶子が駆け出そうとするのを、明歩は止めた。

「待って! ちょっと待って、鳶子! 先生もちゃんと答えてください。もし悪い話でも、俺落ち着いて聞きますから。そんなごまかすようなこと言わないで」

だいたいごまかしにもなっていない。懐妊と言われて信じるほうがどうかしている。

「ごまかしとは？　恐れながらこの for謄丙（とうへい）、王家にお仕えして幾年月、さようなことはいたしませぬ！　誤診もしかり！　皇后さまにおかれましては、紛うことなくご懐妊でございます！」

鼻息の荒い薬師に圧倒されつつも、明歩は言い返す。

「でも、俺は男だし……」

「それがなにか？　確率は下がりますが、我々麒麟は同性間でも子を生せます」

「えええっ、まさか！」

思わず鳶子を振り返ると、頷きが返ってきた。

「……マジで……？　そんなこと、焔凌はひと言も言ってなかったけど」

当然のことながら男同士で子どもは無理だと思っていたから、明歩も後宮に通うことを勧めたのだ。そのときだって焔凌は、自分たちの間に二世が誕生する可能性があることを匂わせもしなかった。

これが事実なら、明歩の気づかいはまったく不要だったことになる。内心気が進まないのに、子作りに行けと言うこともなかったのだ。

まあ実際には、焔凌は結婚以来、後宮通いをしていないようだけれど。

「それは、主上が皇后さまをお気づかいになられていたのではないでしょうか？」

鳶子の言葉に、明歩はそうかもしれないと思った。確率は低いということだし、その上相手の明歩が人間ときては、たぶんさらに可能性は下がるだろう。焔淩は子どもができないときのことを考えて、あえて打ち明けなかったのかもしれない。

「……そう、かな……」

明歩はこれといってなにも変化の見られない己の下腹に目を向け、そっと手で押さえた。

マジで……？　マジでこの中に子どもができてるのか？

捧げものとなった明歩の目標は、麒麟さまに尽くし、子どもを生すことだった。もっともそれは胡散臭い宗教のお告げで、信用しないながらもつきあっていたようなものだった。

しかし現実に異世界に飛ばされ、麒麟の王である焔淩と夫婦の契りを交わすに至って、偶然にもそのとおりに進んでしまった。

焔淩とラブラブな日々を過ごし、いかさま宗教のお告げはともかく、ずっと一緒に生きていくと、今は心に決めている。

しかしどんなに願ったところで、ふたりの子どもを持つことは不可能と諦めていた。というか、そもそも無理だからと、考えもしていなかった。

それが叶うなんて、なんてラッキーなんだろう。

にわかに騒がしい足音が近づいてきて、明歩たちは寝室の扉に目を向けた。

「主上のお戻りでしょうか？」

鳶子は慌てて扉に向かったが、ひと足早く大きく扉が開いた。すんでのところで衝突を避けたルプルさせていた。

「明歩！　具合はどうだ？　そら、レイシを持ってきたぞ」

鳶子が、大きく仰け反る。

息せき切った焔凌が差し出した玻璃の器には、皮を剝いたレイシが瑞々しい半透明の果肉をプ

「あ……ありがとう、焔凌。でもよく見つけたね。もう時期じゃないって鳶子も言ってたのに」

「ああ、やはり木にはなっていなかったが、使用人たちに呼びかけて探させようとしたところ、氷室（ひむろ）に貯蔵してあると聞いてな。それを出させた。まだいくらでもあるぞ。好きなだけ食べるといい」

レイシは美味しそうだったし、焔凌が自ら探してくれたのだと思うとありがたく嬉しく、明歩は冷えた実をつまんで頰張った。口の中に甘い果汁が広がる。

「久しぶり。美味しい」

ふたつ目を口に入れる明歩を見て、焔凌は目を細め、それから薬師を振り返った。

「それで？　明歩の具合はどうなんだ？」

「はい――」

「あっ、それ俺が言う！」

薬師を制して、明歩は焔凌の手を摑んだ。

「あのね、病気じゃなかった。なんと、子どもができました！」

「えっ……」

「すごくない？　俺びっくりしたけど、なんか嬉しくて——」

焔凌は目を瞠り、明歩をまじまじと見下ろした。そのまま微動だにしない。

あ……あれ……？　なんか予想と違う……。

喜んでいるようにはとても見えなくて、むしろショックを受けているようだ。

自分たちの間に子どもができる可能性は低いということだから、明歩に期待を持たせないように焔凌はなにも言わなかったのだと思っていたけれど、他に理由があったのだろうか。たとえば、子どもそのものを望んでいない、とか。

そうだ。後宮に通っていたときだって、子どもができないように念じてたって言ってた……。

そう考えると、子作りにおいては望み薄の明歩を正妃としたことも、理屈が合う気がする。

しかしそれでは後継者がいなくなってしまうわけで、大問題なのではないだろうか。麒麟の王は、血族で引き継がれていくと聞いている。子どもを持たないわけにはいかないだろう。

明歩ははっとして、まだ固まっている焔凌を見つめた。

もしかして……もうとっくに子どもがいたりするのか……？

若気の至りでついできちゃいました的な話が、人間の世界にもよくある。その相手が許されない身分違いだなんてことも、ドラマや小説でお目にかかる。

身分違いの相手と大恋愛の末に結ばれて、愛の結晶が誕生したものの、相手はなんらかの事情で儚くなり、子どもだけが残された。その子は秘密裏に育てられ、いずれすべてを受け継がせるべく、ライバルとなる他の子どもは作らない。

妄想を巡らせていた明歩は血の気が引いた。

「皇后さま、お顔の色が！」

鳶子の叫びに、薬師が明歩の手を取ろうとした瞬間、焔凌は我に返ったようにびくりと身を震わせ、薬師を押しのけて明歩を抱きかかえた。

「明歩っ！　しっかりしろ！　おまえひとりの身体ではないのだぞ！」

「はあっ？　今さらなに言ってんだよ！　世界が終わったような顔で硬直してたくせに。やることやってんだから、できるときはできるに決まってんだろ！　それをありえないみたいな態度で！　言っとくけどな、子どもは俺ひとりじゃできないんだよ！　ここにいるのはあんたの子なの！」

明歩がバンバンと自分の腹を叩くと、焔凌はその手を掴んで、明歩の腰に抱きつき、頰を寄せた。

「わかっている。あまりの僥倖に我を忘れた……でかした、でかしたぞ、明歩！」

「……は……？」

先ほどまで魂が抜けたようだったのに、今や焔凌は興奮して鼻息も荒い。服を通り抜けて熱い息が腹に伝わる。見下ろすと、いつもより全身が赤いような気もする。

……てことは、喜んでる……？

「あの……子どもができてもよかったわけ？」

「当たり前ではないか！」

ばっと顔を上げた焔凌は、赤い目をきらきらさせていた。

「なんて素晴らしい！　おまえは最高の伴侶だ！」


その日から焔凌は、明歩のそばを片ときも離れようとしなくなった。朝議に出るのも渋ったので、さすがに諌(いさ)める。

「ちゃんと仕事しない父親なんて、子どもに示しがつかないだろ」

「まだ生まれていない」

「生まれてなくてもいるの。腹の中で聞いてんだよ。うちの父ちゃん働かないでダラダラしてるなんて、思われたくないだろ」

ついでにこれまでどおりの生活のほうが、母体にもストレスがないとかなんとか言い含めて、適度に離れた時間を持つように約束させた。

明歩と生まれてくる子に対する愛情ゆえだとわかってはいるのだが、でかい図体で四六時中そばにくっつかれていては、ウザい。

それに、いわゆる悪阻が始まっている明歩としては、ぐったりしたりゲロゲロしたりしているところを、あまり焔凌に見せたくない。心配するあまり、自分まで妊娠したかのように、青くなったりげっそりしたりしているうちはともかく、「おまえをこんなつらい目に遭わせるなんて、申しわけない」とか、「いっそ私が孕めばよかった」とか、妙なことを口走る。

焔凌には悪いけれど、いちいちつきあっている暇はないのだ。なにしろ人間の男の身で妊娠、いずれ出産である。事前に知っておかなくてはならないことは山ほどあった。たぶん、覚悟しなければならないこともあるだろう。

いちばん気になるのは妊娠出産のメカニズムだったが、頼りの薬師が頼りにならない。どのくらいの日数で生まれるのかと訊いたところ、麒麟は百五十日から百八十日ほどだが、人間とのハイブリッドなのでどうなるかわからないという。

また、どのような姿で生まれてくるのかも不明だということだった。

けっきょくなにもわからないんじゃないか！　と叫びたくなるのをこらえて、明歩は経産婦の麒麟に話を聞いて回った。そこで初めて子どもの麒麟に遭遇したのだけれど、その可愛らしいことといったらなかった。

「ああっ、麒麟だ！　そうだよ、これが麒麟だよ！」

生まれて半年ほどになるという子どもはまだ獣頭人身でなく、まるっと麒麟の姿をしている。人間界で麒麟といわれる姿かたちだが、大きさは中型犬くらいだ。小さな角とふわふわの鬣、四肢にも飾り毛がついていて、超絶可愛い。

「あー、俺も絶対麒麟で産みたい！」

焔凌との子どもだろうと、明歩の要素はなくてもいい。むしろ焔凌のコピーでいい。

「いざそのときになったら、生まれるならなんでもいいとお思いになりますわ」

母麒麟がおっとりと微笑んだので、明歩はこの際、ずっと知りたかったことを尋ねた。

「えっと、その……出産はどんな感じでしたか？　平均的にどのくらい時間がかかるんでしょうか？　それと……い、痛い？」

「そうですわねえ――」

母麒麟は思い出そうとするように頬に手を当てて、視線を上に向けた。

「陣痛が来てから、ずいぶん経った気がします。実は途中から無我夢中で……けっきょく獣型に転じて産みました。そのほうが楽だと言いますし」

それができないから心配なんですけど！

リサーチもあまり役に立たないというか、むしろ不安が募るというか。明歩は途中で開き直って、なるようになると思うようにした。

案ずるより産むが易し、って言うしな。

庭の四阿(あずまや)で話を聞いていたのだが、垣根の向こうに鮮やかな五色の鬣が見え隠れし、それが徐々に近づいてくるのを見て、明歩は眉を寄せる。

「あれで隠れてるつもりかよ。仕事は終わったのかな?」

ひょい、と頭を出した炎駒と視線が合い、慌てて引っ込む。

「まあ、主上が!」

母麒麟は慌てて子麒麟を呼び、立ち上がった。

「これにて失礼いたします。皇后さま、どうぞご自愛くださいませ」

「あ、ありがとうございました。せっかくだから、今、焔凌にもお礼を言わせます——焔凌、来て!」

呼ばれた犬のように姿を現した焔凌に、母麒麟は拱手(きょうしゅ)した。

「ご苦労だった。話を聞けて、皇后も心強いことだろう」

おっとりと威厳を持って声をかけるさまは、明歩はほとんど目にすることがないので、興味深く、また少しおかしく見守った。

子麒麟を促して立ち去っていく母子を見送り、四阿の椅子に腰を下ろそうとすると、すかさず焔凌が座面に披帛(ひはく)を敷いた。

「こんな石の上など……冷えたら大ごとだ」

「大げさだな。だいじょうぶだって。あ、どうしてもっていうなら、もっといい手があるよ」

明歩は焔凌を座らせ、その膝の上に乗った。

「重くなった?」

「いや……ふたり分の責任の重さは感じるな」

明歩は笑って、焔凌の頬にキスをする。

「見た？　可愛かっただろ、子ども」

「私たちの子どものほうが、きっと可愛い」

本気で答える焔凌に、明歩は首を傾げた。

「ずっと訊きたかったんだけど、なんで子どもができるかもしれないって、教えてくれなかったの？」

焔凌は明歩を見つめて、わずかに眉を寄せた。ひげがゆらりと揺れる。

「おまえが無理と言っていたからだ」

「えっ、それって男だから産めないよって話だろ？　知らなかったんだから、そう言うに決まってるじゃないか」

「それもあるが、おまえは捧げものという名目でこちらにやってきたのだから、それ以上の任を科すのは酷だと思った」

明歩は目を瞬く。

「それって、本気にしてなかったたってこと？」

「自らの意思ではないのだから、納得がいったら人間界に戻すのも一案だと考えていた。が、図らずも比翼連理の契りを交わし……今は心から共に生きていきたいと願っている。そう思ってからは、おまえがいれば子どもは必ずしも必要とは考えなくなった。だから特に伝えなかった」

つまり明歩がいればそれでいいと、そう言っているのだろう。胸がときめくのを感じながら、明歩は焰凌の鬣に頰を寄せる。

「それだって……教えてくれてもよかったじゃないか。そうと知ってたら、俺だってもっと張り切って――」

「忘れていた。おまえと過ごすのが楽しくて」

次から次へと嬉しいことを言われて、明歩はたまらず焰凌の肩に両手を回す。

「もう、心配して損した。子どもなんか欲しくないのかなとか、もしかしてすでに隠し子がいるのかとか、気を揉んだんだから」

「ばかなことを。それに、子どもは楽しみにしている。おまえの次に愛する存在だ」

耳元で囁かれ、そこから熱が広がっていくのを感じた。しかし面と向かって嬉しいと言うのも気恥ずかしい。

「……それって、俺も焰凌がいちばんって言わなきゃいけないとこ?」

「言わなくてもいい。知っているから」

「うわ、自信家!」

明歩は鬣を握って引っ張った。

「……うん、そのとおり」

明歩は焔凌に抱き上げられたまま宮殿に戻り、そのまま寝室へ連れていかれた。

寝台にそっと下ろされたところで、焔凌が困ったような顔で見下ろしてくる。

「控えるべきだろうか？」

「エッチを？　そのために戻ってきたんじゃないの？　悪阻も治まったみたいで、俺、やる気満々なんだけど。そもそも毎日やることになってるって言ったのは、焔凌のほうだろ。それを妊娠がわかってから、なんだかんだと理由つけて避けてるじゃないか」

明歩が睨むと、焔凌は明らかに狼狽えた。

「そ、それはおまえの身体が心配で……」

「そんな柔じゃないって。それに、ちゃんとさっき訊いたから。妊娠中のエッチもだいじょうぶだって言ってたよ」

「訊いたのか！」

驚く焔凌に、明歩は唇を尖らせた。

「だってネットもないし、調べようがないだろ。まあ訊いたところで、俺に当てはまるかどうかはわかんないけどさ。でも動物とかも、妊娠中は気が立ってオスを寄せつけない、つまりは交尾しないじゃん。それって本能的にわかってるってことだろ？　なら、したいと思うならしていいってことにならない？」

小さく唸って考え込んでいるような焔凌の肩を、明歩は抱き寄せた。

「我慢できないよ……」

囁くと、焔凌の喉が鳴った。明歩はもうひと押しとばかりに、身体を浮かせて擦りつける。焔凌に主導権を取られるようになって久しいが、自分から迫るのも楽しいし、ドキドキする。

「焔凌は平気なの？　やりたいのは俺だけ？」

「そ、そんなことはない！」

焔凌は明歩の両手を褥に押さえつけて組み敷いた。

「抱きたくないなんてあるはずがなかろう。このひと月、何度触れたいと思ったことか。隣に寝ているのに手を出せない、毎晩苦痛だったぞ」

「マジで？　じゃあ後宮に行けばよかったのに――」

さっと焔凌の顔が強張る。

「――なんてこと言う気はないけど、言ってくれれば手ぐらい貸したのに」

体調が悪い間は性欲も鳴りを潜めていたようで、だから明歩は気づかなかったのだが、焔凌のほうは変わらなかったと知って、求められていたのが嬉しいやら、それを放置していたのが申しわけないやらで、そう返した。

しかし焔凌は明歩の首筋に顔を埋めて、深く息を吸い込む。

「行為の流れとしてならやぶさかでないが、自分だけが発散したいわけではない。私はおまえと感じ合いたいのだ」

舌で舐められる以上の快感が押し寄せて、明歩はたまらず鬣を掴む。

「すっげえ嬉しい……でも、出すものは出したほうが健康にもいいと思うけど——あ、自分でした？　ねえ、した？」

無理に顔を覗き込んで訊くと、焰凌はそっぽを向く。

「……悪いか」

……か、可愛い……っ……。

誰にも崇められ、敬われている焰凌は、明歩にとってもある意味完璧な男として憧れるところがあるのだが、明歩が好きになったのは、どちらかというとふつうに優しかったり、ワイルドだったりするところだ。見た目も立場も違っても、同じようにひとりの男だと感じられる部分。そして明歩を好きでいてくれると、態度に表れるところ。

俺とエッチしたいのに我慢してオナるなんて、もろふつうの男じゃん。王さまなのに。これを可愛いと言わずしてなんと言う？

もう愛しさ百万倍なのだけれど、ついちょっと意地悪を言ってみたくもなる。今の焰凌の態度がすこぶる可愛かったので。

「ねえねえ、ズリネタは俺？　だよね？　どんなの想像した？」

「ず、ずり……？」

戸惑う焰凌を前に、明歩は自ら交領の前を開き、下衣もはだけて胸を見せた。

「うっ……」

焔凌が狼狽えながらもガン見するのに気をよくして、肩まで露わにする。

「真っ平らなのに、けっこうおっぱい好きだよねー」

「……ま、眩しい……一段と色が白くなっていないか？」

「そんな大げさな」

「というか、なんだか……」

焔凌の指が伸び、胸に触れた。

……ん？　なんか感触が……。

「あれ？　やっぱ俺、太った？」

視線を落とした明歩は、目を見開いた。肉がついたと言えば言えるのか。全体にラインが柔らかいというか、まろやかというか。いや、明らかに乳房ができているとか、そういうことではないのだ。強いて言えば、幼児的な柔らかさというか。今までより焔凌の指が沈んだように感じたのも、そのせいだろう。

「……うっわ……」

明歩が呟くと、焔凌は慌てたように交領の前を掻き合わせた。

「き、気にするな……」

「いや、気にするっていうか、気になるよ。今まで気がつかなかった。ねえ、ちょっと見せて。

一緒に見よう」

焔凌は胡乱げな目を向ける。

「嫌じゃないのか？」

「なんで？」

「……自分の身体が変化するというのは……」

「あー、それ。まあ、理由もなく変わったら怖いけど、俺、妊婦だし。女の人だって胸が大きくなるんだから、俺もちょっとは変わるんじゃない？　巨乳になったらどうしようー。期間限定だろうけど。あ、てことはもしかして、母乳育児とかできちゃう？」

明歩は焔凌の手を押しのけて、もう一度胸を開いた。

たしかに焔凌が言うとおり、色が白くなったように見える。その分、乳首が目立つのかと思ったが、こちらも微妙に大きくなっている。

「実用できるなら便利なもんだなあ」

返事がないので目を上げると、焔凌は明歩の胸を食い入るように見つめていた。あまりにも視線が強くて、なにを考えているのかよくわからない。

おっぱいができてラッキーくらいに思ってくれたら、明歩も気が楽なのだけれど、もし気味が悪いとか思われていたらどうしよう。

まあ……たしかに驚異的ではあるけど、原因はわかってるんだし、原因作ったのは自分たちなんだし。これでやる気が失せたとか言われたら、困るんですけど？　ていうか、そもそもおっぱい好きなんじゃなかったのかよ？

「いつまでガン見してんの」

はっと目を上げた焔凌は、ごくりと喉を鳴らした。

「触れていいのか？」

「……もちろん。今までより触り甲斐があるかもよ？」

「それは関係ない。おまえの身体だから触れたい」

あ、あれ……？

なんだかまた自分は取りこし苦労というか、勝手に想像を巡らせていたというか、とにかく焔凌と違うことを考えていたらしい。

明歩に対する焔凌の気持ちや見方は、なにひとつ変わっていないのだとわかって、明歩の焔凌への愛情も跳ね上がる。

「うん、触って！　全部！」

——結論として、全身がなんとなく柔らかく、うっすら脂肪が乗っているような感じに変わっていた。それは外側だけでなかったようで、結合してから焔凌がやたらと「柔らかい」とか「包まれているようだ」とか言っていた。

後日、焔凌が手配してくれた産婆に尋ねたところによると、胎児を守るために肉がつくのが自然の習いなのだそうだ。

いい機会だったので、母乳が出るかどうかも訊いたのだが、さすがに首を傾げられた。

「そんなあ。男の妊婦や産婦もいたんでしょ？」

「わたくしは取り上げた経験がありません。おそらくここ八十年ほどはなかったことではないかと」

「マジで稀なんですね！」


鳶子の視線がちらちらと注がれるのに気づいて、明歩は首を傾げた。

「なに？　この帯、服に合ってない？」

「あ、いえ、そういうことではなく……」

かぶりを振って踵を返そうとした鳶子は、思い直したように明歩に向き直った。

「あの……大変差し出がましいことを申し上げますが……」

「は？　なに？　気にしないで言って」

それでも鳶子は扉のほうを振り返る。

「焔凌なら、イチジクを取りに行ったよ。もうちょっとかかるんじゃないかな」

「はい……実は殿中省監を始め皆さま方がお気にかけていらっしゃいまして……その、お子さまのご誕生はいつになるのか、と……」

明歩はため息をついた。

「それは俺が訊きたいくらいなんだよね」

「しかしもう百三十日を過ぎておりますし……それにしては皇后さまのお姿にお変わりがないと……」

たしかに衣装を着けていると、身籠っているようには見えないだろう。しかし微妙に腹は膨れているのだ。もう満腹！　というくらい食べたとき程度には。

果たしてちゃんと育っているのだろうかと、明歩も気にならなくはないのだけれど、最近は胎動というのか、やたら腹の中で暴れ回っている。少なくとも元気はいいようなので、大きさは気にしないようにしている。男の身での出産だから、できるだけ小さいほうがいいような気もするし。

小さく産んで大きく育てる、って言葉を聞いたことあるし。

「……あっ……」

そんなやり取りの間に胎動を感じたので、明歩は鳶子の手を取って、腹に当てた。

「え……？　あ、あっ……！」

鳶子は戸惑いの後に、驚きに目を瞠った。

「ね？　元気いいよね」

明歩の腹に触れた手を大事そうに抱えて、鳶子は部屋を飛び出した。

「報告してまいります！」

「いってらっしゃーい。……ま、静かに見守っていただければ幸いでございますよ」

もう聞こえないだろう鳶子に呟いて、明歩は長椅子にごろりと横になった。おとなしくなった腹を指先で叩く。

「なあ、もうさっさと出てこない？　けっこう外も楽しくて、気に入ると思うよ」

明歩以外は右を見ても左を見てもドラゴンフェイスで、最初は見分けるのに苦労するかもしれないけれど、みんな気のいい連中だ。なにしろ見た目も違えば、立ち居振る舞いも思考回路も怪しさ満載の明歩を受け入れてくれた。その上、皇后になっても、内心はどうあれ、礼節を持って接してくれている。

人間界で虐げられてきたという意識もないけれど、ここは本当に素晴らしい場所だと思う。これからも過ごしていくのに、なんの不安も不満もない。

「……まあそれはたぶん、きみのパパがいるからなんだけどね。いい男なんだよ、パパは」

人間の男の正妃なんて外聞もよくないし、なにより自分でも不本意だっただろうに、そうと定まってしまった以上は、誠意をもって接してくれた。

だからこそ明歩も、刷り込まれた捧げものとしての使命で行動していたのに、いつしか焔凌自身に惹かれ、彼への愛情を芽生えさせたのだ。

焔凌が同じように明歩を好いてくれたのは、まさに僥倖だ。

そう考えると、この世界へ移るきっかけを作ってくれたことだけは、両親に感謝している。だからといって、今後明歩のほうからコンタクトをとる気はかけらもないけれど。

「パパのじいちゃんばあちゃんもいないみたいだけど、いいよな？　その分、可愛がってくれそうな人はいくらでもいるから」

明歩が一方通行の会話を続けていると、扉が開いて焔凌が姿を現した。

「話しかけていたのか、感心なことだ」

「焔凌がやれって言ったんじゃないか」

マタニティライフの情報が少なすぎると明歩が訴えたところ、焔凌は力を使って鏡越しに地球のインターネットにアクセスするという技を試みた。

入力作業が不可能なので、言葉で伝えて検索するというある意味進んでいるのかなんだかわからないやり方で、情報を引っ張り出すことに成功した。

しかし当然のことながら、ヒットするのは人間の赤ん坊のケースで、役に立つのかどうか疑問視する明歩に、「半分人間の血が入っているのだから、まったく的外れということもあるまい」と、焔凌は人間方式を取り入れている。

「父である。順調に生育しているか？」

明歩の腹に手を当て、真顔で話しかける焔凌に、明歩は吹き出した。

「相変わらず固いなあ。もうちょっと軽くやってみてよ」

焔凌はむっとして、それから言い直した。

「……ぱ、ぱぱですよー。元気にしてるかな？　……おおっ？　動いた！　返事をしたぞ！」

「ごめん、それ、俺がこらえきれなくて笑ったせい」

「なんだと？」

その後、マタニティ教室の動画を見て覚えた体操と呼吸法を、焔凌主導でやらされ、軽く汗をかいた明歩は、床から立ち上がって伸びをした。

「あー、なんかお腹空いちゃった。イチジク取りに行ったんじゃなかったの？」

「枝になっているものはふたつしかなかった。もうイチジクの季節も終わりだな」

焔凌は懐から取り出したイチジクを卓に置き、その横に封書状に折った紙を載せた。

「なに？」

「お守りだ」

明歩が紙を開くと、中に鮮やかな五色の鬣があった。

「くれるの？」

「自分の分は残してないのだろう？　引き抜かれるよりはましだからな」

「やったー、ありがとう！　安産間違いなしの気がしてきた」

包み直して帯の間にしまったところで、明歩は焔凌を促し、並んで長椅子に座る。いい具合に熟れて、今にも割れそうなイチジクを押し開き、かぶりつく。

「甘い！　はい、おすそ分け」

食べかけを焔凌の口元に差し出すと、ほんの少しを舐め取るように口にした。

「遠慮しなくていいのに」

「いや、おまえと腹の子のために取ってきたのだから、食べるといい」

焔凌の心づかいが嬉しくて、明歩はその胸にもたれるようにして、イチジクを齧った。


現代の妊婦は必要以上に栄養を取らないように、ありていに言って、体重を増やさないように注意するのが鉄則らしい。

それを自分にそっくり当てはめていいものかどうかは不明だけれど、食べたいものを我慢するのはつまらないので、その分運動を心がけている。

焔凌が会議などの公務に就いている昼過ぎまでは、城内を散歩するのが日課になって、浪玉宮の地図もだいぶ頭の中に入った。

後宮に行けたら、いいんだけどな……。

横目で後宮の建物を見やりながら、明歩は少し足を速める。

妊娠が判明して以来、後宮に足を向けるのは控えていた。情報は流れているだろうけれど、面と向かって身籠った明歩と対峙するのは、やはり面白いことではないと思うのだ。いや、ほとんどは喜んでくれると思うが、デリカシーの問題というか。

しかしこうなってくると、後宮の意義というものに疑問が湧く。すでに焔凌が訪れなくなって久しいのだから、なんのための後宮なのかという話だ。

明歩が好きにできるなら、解散撤収するところだけれど、王のための施設であるから、口出しはできない。

その辺のとこ、焔凌は考えてるのかな……?

最近は寝ても覚めても子どものことばかりで、よく言えば子煩悩、身もふたもない言い方をすれば親ばかぶりを早くも発揮している。

……まあ楽しそうで、俺も嬉しいんだけどね。

水路の橋を渡る途中、水面に後宮の窓が映った。そこに扇が揺らぐのを見た気がして、明歩は振り返ったのだが、窓辺には誰もいなかった。

いたとしてもこの距離では、誰が誰やらわからない。明歩のほうはどんなに遠くでも一瞥で気づかれるだろうから、これは不公平だと常々思っていた。

明歩を見かけた者が報告するので、何時ごろはどこにいたというのが、焔凌にはほぼ把握されている。

「だからこそひとり歩きを黙認している。さもなくば、心配で放っておけない」

焔凌の言葉を思い出し、明歩は口元を緩めた。

愛されちゃってるなあ、俺って。

子どもと一セットだから特に、ということもあるのだろうけれど、大事にされるのは悪い気はしない。

それに、お守りもくれたし。

帯の上から鬣に手を当てていると、呼び止める声があった。

「皇后さま」

振り返ると、明歩が渡り終えた橋の上で、女官が拱手している。

「ご散策でございますか」

「え、ああ、うん……」

誰だっけ……？　見たことあるんだけどな……。

女官も人数が多いが、明歩が男なので、例外的に身の回りに配されているのが小姓や従僕ばかりで、あまり親しくしていない。よって、今ひとつ見分けがつかない。

女官はすすっと近づいてくると、耳打ちするように顔を近づけた。

「このたびはご懐妊おめでとうございます。お祝いとして、安産祈願の祠にご案内させていただきたく存じます」

「安産祈願。へえ、そんなのがあるんだ。行く行く。どこ？」

披帛の陰に顔を隠すようにして、女官は小走りに進んだ。明歩を妊婦だと承知なら、足元に気づかったりするのではないかと思ったけれど、明歩自身は不安がないので、引き離されない速度で追いかける。

梅の木の林を抜け、外壁に沿って進むと小さな木戸があり、女官は当たり前のようにそこを開けて城外に出た。

「え、外なの？」

「はい。でもすぐでございます」

ひらひらとたなびく披帛に誘われるように、明歩も外へ踏み出した。

城外へ出たのは数えるほどで、それもいつも焔淩が一緒だった。

外壁の外には広い道が続いていたが、女官はそちらでなく草の繁みに半ば隠れた獣道を進んだ。

その後ろ姿を眺めながら、帯に縫い留められた黒真珠に気づく。

あっ、これって……。

後宮の女人のひとり、慧華付きの侍女が、たしか黒真珠がついた帯をしていた。ふたりの侍女が揃いの帯を結んでいたから、印象深かったのだ。

ということは、女官もとい侍女は、慧華の命で明歩に接近したのだろうか。わざわざ安産祈願の祠を案内するために？

……いやあ、それはどうかなー。

そもそも慧華は後宮の女人の中でも、明歩を敵対視する筆頭だった。後宮を訪れるたびに険(けん)のある目で見られたし、嫌味を言われたこともある。

しかし明歩が身籠ったと知って、心を改めて祝う気になった――。

……ないな、それは。

何度か見た限りでも、気性が激しそうだったし、いずれ国母にという野心も人一倍強かったと聞いている。

明歩が焔凌の子を授かったと知ったら、地団太(じだんだ)を踏んで悔しがることはあっても、喜ぶことはないだろう。

そんなふうに思ってしまうのはよくないことかもしれないけれど、明歩も人並みに捻くれているので、自分の直感を信じる。

てことは……安産祈願の祠ってのは釣りだよな？　昼ドラ的な展開？　恋敵を罠にはめてやる、みたいな。

すでに両脇の草は背丈ほども繁り、それを掻き分けるようにして踏み入る先に、祠があるとは思えない。せいぜい小動物の巣くらいしかなさそうだ。

それでも明歩は侍女の後に続いた。

慧華の気持ちもわからなくはない。期待を胸に後宮に入ったのだろうに、自分を含め誰ひとりとして子宝に恵まれず、やきもきしていたところに、妙な外見の異界の男が突然現れたかと思ったら、正妃の座に納まった。それだけでも腹立たしかっただろうに、男のくせに妊娠という離れ技を繰り出したのだ。

焔凌の後宮通いがぷっつりと途絶えたことに、焦りも加わったのだろう。そのあたりは焔凌にも非があるのかもしれないが、だからといって明歩も、焔凌に後宮に行ってほしいとは思わない。

……まあ、このまま騙されたふりしてつきあうのがせいぜいかな……。

事を明らかにして騒ぎにするのも気が進まない。それが解決になるとも思えない。そもそも明歩にこの世界の社会システムをどうこうする資格もない。

とりあえず途中ではぐれたふりをして侍女と離れて、適当に戻ればいいだろう。そう決めた明歩は、「ねえ、まだー？」とか「疲れてきたよー」とか言いながら、少しずつ繁みに身を隠していった。

「あらっ？　皇后さま⁉」

すっかり互いの姿が見えなくなったところで、ようやく侍女が声を上げ、がさがさと草木を掻き分ける音がしたが、明歩はひたすらその気配から遠ざかった。

地形的には浪玉宮は丘陵に位置していて、南にはいわゆる城下町のような市井の者が暮らす地区がある。

東は草原が広がり、その先に明歩が発見されたという泉があって、徐々に山へ向かう。西は田畑で、農耕を営む者たちの里もあった。

明歩が連れ出されたのはおおよそ北の方角で、ほぼ手つかずの大自然というか、背丈ほどのススキのような草が生い茂っているばかりだった。

……ええと、こっち……かな?

なにしろ見渡すことができないので、陽差しを頼りにするしかないのだが、今さら気づいたけれど、方壷の太陽というのは、地球のそれとは違うようだ。

特に変わりなく昼と夜が来るし、太陽と月に似たものが浮かんでいるからそのつもりでいたけれど、そもそも東から出て西に沈んでいたのかどうかも怪しい。

侍女を振り切れたのは確実だが、果たしてこちらに進んで帰り着けるのかどうか。

……いやいや、なにを弱気な。方向音痴の汚名返上のチャンスだって。

その前にこの件をおおっぴらにするつもりはなかったのだったと思い直し、黙々と草を掻き分けて進む。もはや獣道ですらない。明歩自身が道を切り開いている状況だ。

やがて草が倒されて細い道のようになっているところに辿り着いた。

「やった!　よかったー、これで帰れる」

ほっとした明歩は、いそいそと道を進んだ。草を払わなくて済む分、またロスタイムを取り戻そうと気が焦る分、歩く速度も上がる。

相変わらず丈のある草に遮られて、景色の確認はできなかったが、上空を鮮やかな青い鳥が飛んでいるのが見えた。

「わ……きれい……！　なんだ、あの鳥……」

焔湊がいたらすぐに答えてくれたのに、と思いながら歩を進めると、突然地面が落ち込んだ。

「うわっ……！」

アミューズメントパークのアトラクションでよく味わうような、胃がせり上がるような失墜感に、思わず目を閉じる。無意識に腹を庇うように身体を丸めた。

穴か崖か、とにかく落下したのは間違いなく、打ちつけられる衝撃も覚悟したけれど、予想外に落下地点はふわりとしていた。むしろその中に身体がめり込む。

「……あ……？」

目を開けると、ふかふかの羽毛や草が藁のように積み重なっていて、それがクッションになっていたらしい。おかげでダメージはほとんどなかった。

「んもー、なんだよ、ここ」

頭や身体についた草を払いながら、辺りを見回す。穴だ。直径二メートルほどのほぼ円形の竪穴で、地上まで三メートルはあるだろう。

自然にできたものとは考えにくい。鳳凰のような大きな鳥の巣穴だったようだ。

……でもこんな大きな？　どんな怪鳥なんだよ？

とにかく巣立ったあとでよかったと胸を撫で下ろしつつ、脱出計画を練るべく壁を探った。石と土が混ざって固く、素手で掘るのはまず無理だ。壁はほぼ垂直で、登る手がかりとなる凹凸もない。試しに登ろうとしたけれど、手も足も出なかった。

もう少し狭ければ、両手両足を壁に突っ張ってじりじり登ることもできたかもしれないが、残念ながら明歩の手足はそんなに長くない。いや、焔凌だって届かないと思う。

「……マジかよ……」

明歩は羽毛と草の上に座り込んで、天を仰いだ。いつの間にか夕暮れが迫っていて、空が茜色に染まっている。

さすがにもう、明歩の不在は明らかになっているだろう。きっと焔凌が号令をかけて、臣下や使用人たちが探し回っているはずだ。

ひと言だけでも言ってあればともかく、むしろ人目を避けるようにしてこそこそと出てきてしまったから、気づいた者がいたかどうか。目撃者がいたとしても、こんなところに落ちているなんて、まず考えもつかないだろうけれど。

てことは、このまま？　誰にも気づかれないまま、餓死とか？　なんてこった、死にそうになってこの世界に来たかと思えば、またかよ。

ひとり唸って髪を掻き回した明歩は、ふと顔を上げた。

人間界で神事の際、火だるまになったときには、絶対に死ぬと思った。それが無傷でこの世界にトリップしたのだから、逆も考えられるのではないだろうか。このまま穴の中にいて、ああもう死ぬ、と思ったときに、人間の世界に戻れるなんてことは——。

「それでどうすんだよ?」

我知らず口に出していた。

元の世界に戻りたいなんて、全然思わない。とうに明歩は、この世界で人生をまっとうする心づもりでいる。

焔凌がいないところなんて、明歩がいるべき場所ではない。だからむしろ死んでもここにとどまりたい。

「……じゃなくて! 死ぬわけにはいかないんだよ!」

拳を握りしめ、それから腹を両手で包む。その刺激が伝わったのかどうか、腹の中からノックが返ってきた。

そうだ。この子を産むまでは絶対に死ねない。

見た目はあまり変化がないけれど、麒麟的には産み月に迫っているはずなのだ。いっそ早産でもいいから生まれてくれないだろうか。

麒麟は飛翔するという。子どもがまるっと麒麟の姿で生まれたら、飛んで逃げてくれるかもしれない。そうなったら、明歩的には大成功だ。

明歩は腹を撫でながら、中の子どもに声をかける。

「俺の血も混じってるけど、絶対麒麟で生まれてこいよ。麒麟、いいぞー。小さいころは可愛いし、おとなになったらカッコいいし……パパに何回も頼んだんだよ、見せてくれって。でも、高貴な身分であればあるほど、その姿は晒さない、とかなんとか言って、もったいぶっちゃってさ――」

見たかったなあ、炎駒……。

「ああ、でもいきなり麒麟のおまえが飛んできたら、パパびっくりするかな？」

過保護になりそうな焰凌だから、赤ん坊に飛翔なんて無理をさせるなと怒るだろうか。非常時だから許してほしい。できればよくやったと褒めてほしい。

すっかり陽も落ちて、穴の中から見上げる丸い空は、群青色に染まっていた。

「野宿でごめんな。お腹空いただろ？」

脱出はともかく、食料確保は逼迫（ひっぱく）した問題だ。しかし穴の中はもう真っ暗で見えない。夜が明けたら地面を掘り起こして、下になにかあるかどうか確かめよう。

この際、虫でもなんでも……いや、なるべく見た目がよさげなやつを……。

そんなことを考えていると、上空がきらきらと輝いた。まるで天の川のようにきらめく空に、明歩は目を瞠った。しかしこの世界は、太陽と月に代わるものはあるが、これまで星を見たことはない。

星の群れは次第に輝きを大きくして、やがて赤味を帯びてきた。形が――はっきりとしてくる。

「……え……？　え？　ええっ？」

明歩はよろめくように立ち上がり、上空を見つめた。

赤い天馬のような姿が、次第にディテールを細にしていく。龍のような頭に五色にきらめく長い鬣、四肢にも炎のような飾り毛が揺らめき、夜空に残像を描く。

ああ……なんてきれいなんだ……。

明歩は感動のままに叫んだ。

「焔凌……っ！」

炎駒は上空で身を翻すと、明歩がいる穴に急降下してきた。まるで火の玉が迫ってくるようで、実際に熱気を感じたような気さえした。

穴に降り立った焔凌は、きらめく赤い双眸で明歩を見下ろした。

「……すごい。きれい……」

明歩の呟きに、赤い身体が幻影のように揺れる。

「いいから乗れ」

「……は？　乗れって……背中に？」

「なにを驚く。いつも自分からしがみついてくるくせに」

たしかにそのとおりで、焔凌の隙を狙うように背中に飛びついたり、マッサージと称して跨がったりするのは日常だけれど、麒麟の姿は別だ。

きれいだし、カッコいいし、それに……なんか神々しい……。

今さらながら麒麟という生き物の素晴らしさを実感して、その背に跨がるなんてとても罰当た

りな気がしてしまう。

「帰るぞ」

ふっと目を細めた焔凌に、明歩はようやく笑顔を返し、その背中に抱きついた。


浪玉宮の中庭に降り立つと、待ちかまえていた鳶子や勒庸らが慌てふためいたように視線を逸らした。

「お、おかえりなさいませ。ご無事のご様子、なによりでございます……」

「ごめんね、心配かけて。あの、なんでそっぽ向いてるのかな？　怒ってる？」

焔凌から降りた明歩が遠慮がちに尋ねると、一瞬こちらを向いた勒庸が、そそくさと背を向けた。

「……主上、恐れながら……お姿を改めくださいませ」

あ、と明歩は焔凌を振り返った。

高貴な身分の最たるものである王さまの焔凌が、麒麟の完全体で人前に立つなど、あってはならないことなのだ。

でも……焔凌がこの姿になってくれたから、俺は助かったんだ。俺のために変身してくれた焔凌が責められるなんて、そんなのおかしくないか？

明歩が思わず口を開こうとしたとき、それより早く、

「そんな、いけないものを見るような目で……獣型の私は、きれいでカッコいいと大絶賛されたところだぞ」

と言いながら、焔凌は人身に変化した。

「それは当然でございます！　決して厭うてのことでは……恐れ多くて目にするのももったいないということでございます」

「くだらない。より確実で効果が期待できるなら、王の威厳など気にしていられるものか。それが命に関わることであればなおさら、なにを迷うことがあるのだ。今後も私は必要だと思えば、誰の前だろうと姿を変える」

堂々と言い放った焔凌に、明歩は感動して見惚れた。気づけば勒庸も他の臣下たちも、困惑顔を次々と尊敬の眼差しに替えて拱手している。

ずっと守られてきたのだろう慣習を、各自の意識から変えるのはむずかしいかもしれない。けれど今回、焔凌が炎駒となって明歩を救ったことを、非難する者は誰もいない、と思う。

強制にならず、少しずつ変わっていけばいい。子どもが獣型で生まれるということは、やはりそれが本来の麒麟の姿だということなのだろうし。

ふいに焔凌が明歩を振り返った。

「体調はどうだ？　大事ないか？」

「あ……ああ、うん、全然平気」

焔凌の背中に乗って夜空を飛んでいるときは、明歩と同じく腹の中の子どもも興奮したように動いていたが、今はまるではしゃぎ疲れて眠ったようにおとなしい。

焔凌は頷くと、少し考えるように宙を見つめてからこう言った。

「じゃあ、ごはんにする？　お風呂にする？」

「えっ？」

フランクな言葉づかいが似合わないことこの上なく、しかもそのフレーズはどこから仕入れてきたのだろうと、明歩は目を剝いた。

周囲もきわめて控えめにざわついている。しかし面と向かって焔凌に問い質すこともできないようで、やはりこれは明歩が訊くべきなのだろう。

「……なにそれ？　どこで聞いたの？」

「人間界では夫婦間でよく交わされる言葉だろう」

どことなく得意げな焔凌に、明歩は額に手を当てた。

続きが「それともあたし？」なのは知らないんだろうな……。いや、ここで言われたら大騒ぎだろうけど。

「ご……ごはんが食べたいです……」

明歩のリクエストで、貝柱やキノコの餡が入った包子が用意され、蒸したてのそれを四つも頬張った後、湯殿に向かった。

宮殿内には温泉が引かれていて、岩風呂のような趣に設えられている。風呂文化で育った明歩としては、お気に入りの施設だ。

仕切りの布を押し上げて浴場に踏み入ると、湯煙の向こうで焔凌が湯に浸かっていた。頭だけ出した姿は、まるで龍が水面から顔を出してくつろいでいるようで、明歩はつい笑ってしまう。

「まだ入ってたの？　茹でダコになるよ。真っ赤だし」

「ゆでだことはなんだ？」

「タコってこっちの世界にはいないのかな？　えっとね――」

草原を歩き回った上に穴に落ちたので、汚れた手足を洗っていると、焔凌に手招きされた。

「後で洗ってやる。いいから来い」

「身体を流してから入るのが礼儀なんだよ。それに、掃除する人の身にならないと」

「では、私が後で掃除する」

「またそんなやりもしないことを」

さっと洗い流して湯船に入ると、焔凌が明歩を引き寄せた。されるがままに焔凌の腰を跨ぐ。

「無事でよかった」

明歩の顔を濡れた手が撫でる。爪はかなり長めだが、傷つけられたことは一度もない。初めは気になったけれど、今はその心地よさを知っているから、自分から頬を押しつけてしまう。

「焔凌が来てくれたからだよ。ありがとう。心配かけてごめんね」

「寿命が縮む思いだった」

「これからはちゃんと言って出かける」

「出かけない、とは言わないのだな。まあ、いい」

明歩はあえて経緯は語らなかったし、焔凌も問い詰めてこなかった。慧華の侍女の件は、明歩から伝えるつもりはない。焔凌に救出されたとわかって、なにをしても無駄なのだと思ってくればいい。

焔凌は明歩を抱き寄せると、肩先でため息をついた。

「あれは迷信だな」

「なに？　あ、鬣のお守り？」

焔凌の手が背中を這うのを感じながら、眼前で濡れた鬣がきらきらと輝くのを、明歩はうっとりと見つめる。

「おまえの身を守れていない」

「逆だよ。お守りがあったから見つけてもらって、戻ってこれたんじゃないか。ああもちろん、焔凌が麒麟になって捜してくれたからだけど——あっ……」

背骨を辿るように下がっていった手が、尾骨の下の窄まりに届く。緩く引っ掻くようにされて、明歩は腰を揺らした。

「おまえになにかあれば、必ず助ける。それは当たり前のことだ。しかしそのなにかが起きないようにできないものか……」

刺激されて、内側から柔らかく蕩けていく。焔凌を迎え入れようと、蜜が溢れてくる。人間の男ならありえない反応も、ここが異界で、なにより自分が焔凌を愛し、彼を欲しているからなのだと思うようにしている。むしろ好都合だ。

その一方で、ちゃんと前も勃起している。隆とした焔凌のものと擦れ合い、明歩は唆され、昂っていく。

両手で互いのものをまとめて握り、擦り立てた。焔凌の指が後孔に忍び込んできて、タイミングを合わせるように掻き回す。

「……あ、あっ……」

かけ流しの湯は絶えず注ぎ口から溢れ出て水面を揺らしていたが、明歩が動くことで周囲が大きく波立った。

指を増やされて抜き差しをされると、温かな湯の中にいながら総毛立つ。背筋を反り返らせた明歩の胸に、焔凌が舌を伸ばした。

「やっ、そんな……」

また少し大きくなったような乳首は、焔凌の格好のターゲットのようで、行為のたびに執拗に愛撫される。その快感も比例して大きくなっていくようで、ときにそれだけで達してしまうこともあった。

「あっ、や……いく、いっちゃう……っ……」

「まだだ」

ペニスを煽る動きが加速していた手を払い除けられ、明歩のものがぎゅっと握られる。射精を塞き止めるようにしながら、それでいて先端を指の腹で撫で回すのだから意地が悪い。

「……焰凌っ……いくってば……っ、いかせて……」

「自分だけか？　つれないな」

ふわりと腰を持ち上げられ、後孔に指を埋められたまま、会陰の辺りを怒張で擦られて、快感に追い詰められていく。

乳首を軽く嚙まれて、明歩は激しく腰を揺らした。その弾みで指が抜け、食むものを失った後孔が妖しく喘ぐ。

「一緒に……っ、一緒にいきたいっ、だから……入れて……っ、焰凌の……欲しい……っ……」

片脚を引き上げられたかと思うと、熱い塊が後孔に押し入ってきた。じわじわと埋め込まれていく充足感に、息を吞む。

力強い脈動が、次第に明歩の中に移ってくる。それが伝わってくる一体感が、感動的に嬉しい。

「あ……あ、あ……っ……好きっ……焰凌……」

根元まで貫かれた悦びが、その先の快感を味わうより早く、明歩を絶頂に押し上げた。射精に合わせて収縮する後孔に、明歩の肩先で牙を立てた焔凌が低く唸る。

「……待てと言ったのに……」

「だって……気持ちい——あっ、ああっ、待って！　まだ、いったばっかりで……っ……」

「私にだけ待てを強いるのか？　無理な相談だ」

大時化の海のように水面が荒波立って、顔にまで飛沫が跳ねる。

「やだっ、また……」

落ち着く間もなく新たな官能に襲われて、明歩は逃れることを放棄して、自らも焔凌を貪った。

「……いい、いいっ……ねえ、いって？　一緒に、……俺と一緒にいって……っ……」

焔凌の頬を両手で包み、ぶつかるような勢いでキスをする。身体の中の怒張がぐうっとそそり立つのを感じ、夢中で舌を絡めた。

浮力のせいか、わずかに位置をずらしただけで、感じるところに焔凌のものが当たる。

「んっ、は……そこっ、そこいい……っ……」

激しく突き上げられて、たちまち上りつめてしまう。思いきり締めつけると、焔凌のものから強い脈動が返ってくる。

互いに身体を揺らし、やがて脱力して岩に背中を押しつけた焔凌の上で、明歩は荒い息を繰り返した。

髪を撫でられる感触に目を上げると、焔凌が透き通るような赤い瞳で迎えてくれる。そこに自分が映っていることが、本当に嬉しい。

「……焔凌、好き。愛してる——うわっ……？」

ぐうっと内壁を押し開かれるような感覚に、明歩は目を瞠った。同時に焔凌が明歩を抱きかかえ直す。

「えっ、また……？」

「そんな顔で好きだなんて言われたら、もっと欲しくなるに決まっている」

「もう、ふたり揃って茹でダコだよ！　なあ、せめて出よう！　洗い場で——」

言い終わらないうちに焔凌は明歩を抱きかかえたまま——繋がったまま、平らな石の上に移動して、明歩を翻弄した。


遭難事件について、明歩はひとりで外に出てみたくなっただけとしか言わなかったが、焔凌は嘘だと見抜いていた。

好奇心旺盛で、やりたいと思ったらたいていのことは実行する明歩だけれど、いたずらに無鉄砲というわけではない。ましてや今は妊娠中で、いつ出産という状況にならないとも限らないから、遠出はしないと焔凌とも約束していたのだ。

焔凌としては、身重であろうとなかろうと、常に目が届くところにいてほしいのは山々だが、明歩の自由を制限することはできるだけ自重しようと努めている。異なった文化や風習の中で生きてきた明歩を、この世界の型にはめるのは酷だと思うし、そうなった明歩に今以上の魅力があるとも思えない。

心配と明歩のためという気持ちのバランスのとり方はむずかしいが、明歩のほうも状況を見極める分別は持ち合わせているし、臣下に面倒をかけるのは好まない。自分の不在が長引けば、周りが慌てるだろうとわかっていて、断りもせずに城壁の外へ出るとは考えられなかった。

それなのに明歩が外へ出て、しかもそれを誰も気づかなかったという状況が怪しい。意図して人目につかないルートを選んだのは明白だ。そして明歩なら、そんなことはしない。

となれば、明歩を誘導した誰かがいる。おそらく、悪意を持って。

明歩を恨む者といったら……。

顎に手を当てて考え込んだ焔凌は、寝台をそっと下りた。ぐっすりと眠っている明歩を振り返って、寝室の窓を開く。窓枠に足をかけて踏み切り、飛び出すと同時に炎駒に変化した。

昨日の出前の清冽(せいれつ)な空気の中、北の草原を目指す。昨夜、明歩を探しに出たときよりはよほど視界も利いて、明歩が落ちていた穴もすぐに確認できた。

草の倒れ具合で、明歩がどんな道筋を通ったかも想像がつく。そして明らかにそれとは別のルートがあった。

焔淩が念入りにそれを辿っていると、草に引っかかった布が見えた。素早く滑降して確かめると、それは女性用の飾り帯だった。黒真珠の縫い取りがある。

……なるほど、そういうことか。

焔淩が寝室の窓辺に降り立っても、明歩はまだ眠っていた。人型に戻り、寝台に腰を下ろして、明歩の髪を撫でる。

よほど疲れたのだな。当たり前だが。

あんな遠くまで歩かされて、その上脱出不可能な穴に落ちて、精神的にも追いつめられたのだ。

そんな明歩を夜更けまで離せず抱き尽くしたのも、疲れの一端を担っているのかとふと思ったが、そんなことはないだろう。疲れたとしても、明歩も焔淩を望んでのことだ。その件は対象外だ。

……とにかく、問題はこちらだ。早急に――。

「……あれ？　もう起きたの？　早いね」

「ああ、まだ休んでいればいい」

明歩は寝ぼけ眼で頷きかけたが、焔淩に手に握られたものを見て、ぎょっとしたように身を起こした。

「……それ……」

「おまえが落ちた穴の近くにあった。見覚えがあるな」

「そっ、そうかな？　どこにでもあるような帯じゃない？」

「お仕着せのように侍女に使わせていただろう。……慧華が」

明歩は視線を落として黙り込んだ。その態度で確信する。焔凌は飾り帯を紫檀の卓に放り、ため息を洩らした。

「なぜ慧華の侍女になどついていく？　敵視されていたことくらい、気づいていたはずだ」

「いや、だって……最初はわからなかったんだって。女官ぽい言動だったし。安産祈願の祠に案内するっていうから、つい……」

あたふたと言いわけする明歩に、焔凌は深く頷いた。

「そういう経緯だったのか」

「……う……引っかけたな」

明歩は恨めしそうに目を上げたが、焔凌が苦い顔をしているのに気づいたのか、居住まいを正した。

「……あの、さ。たしかに連れ出されたのは侍女にだけど、途中で撒いたんだよ。ついてっちゃまずいと思って。だから穴に落ちたのは、俺の失態。彼女のせいじゃないよ」

「しかし誘き出されなければ、落ちることもなかった」

「それはそうだけどさあ……」

明歩は頭を掻いて、唇を尖らせた。

あんな目に遭ったというのに、まるで侍女を庇わんばかりだ。危機感が欠如しているのか、とんでもないお人よしなのか。

妊婦に不穏な話題を持ち出すのは気が進まなかったが、自重を願って焔凌は口を開いた。

「もし慧華の配下と気づかずにいたら、どうなっていたと思う。城門を閉ざされて締め出されたり、草原で迷子になったりするくらいでは済まなかったぞ」

「え……？」

「とりわけ気性の激しい女だ。野心も充分で、男なら兵部(ひょうぶ)あたりで出世したかもしれないが、後宮の女人としては適さぬ。過去にもそんな女人がいてな、嫉妬のあまり毒を盛ったり、滅多刺しにしたり――」

「わーっ、わーっ、やめてくれないかなあっ、そういう話！」

明歩は両手で耳を塞ぎ、頭をぶんぶんと振った。焔凌は明歩の手を摑んで、顔を覗き込む。

「そんなことはさせない。だからこそ、その根を断つ」

「断つ、ってまさか……未遂だよ？　完遂と未遂って、大きな差があると思うんだ！　罰も全然違うし！」

明歩は焦ったように焔凌の腕を摑んだ。

「おまえは誰の味方なんだ。いいか？　私にとっていちばん大切なのはおまえと、そして生まれてくる子どもだ。それに害を為(な)そうとする者は、もっとも憎むべき相手。早々に始末してしまうに限る。いや、遅すぎたくらいだ」

「でも……」

明歩は唇を噛み、俯く。

正直なところ、なぜここで慧華たちに同情するのか、焔凌には理解できなかったが、なんとなく明歩が反対するだろうと予想もしていた。それが人間の社会背景に基づく思考であり、明歩の気性なのだろう。

理解はできないが、押し通して明歩に引かれるのは本意ではない。だから譲歩案を出した。

「後宮を解散する」

「えっ？」

目を瞠る明歩に、焔凌は軽く手を上げた。

「もとより今は機能していないのだ。今後も必要となる予定もない。ならばなくしてしまっても問題はないだろう？」

「そ、それは……そう、だけど……女人や侍女たちは？　どうなるの？」

「慣例どおりに金を渡して里へ帰す。しかし慧華に関しては、一族監視の下で蟄居させる。結果的に未遂であれ、それがあの女に科す罰だ」

これ以上は譲れないという態度で言うと、明歩は目を伏せるようにして頷いた。一拍おいて、そっと焔凌を見上げる。

「……いいの？　それで」

なぜここで焔凌に訊くのだろう。提案したのは焔凌のほうだ。そんなことを思って見返していると、明歩は狼狽えたように視線を泳がせた。

「だって……相手にしてくれる女人がいなくなっちゃうよ？　気が変わったりしない？」

「本気で言っているのか？　おまえがいれば、他に女など必要なものか。すでにそれは証明しているつもりでいたが——ああ、そうか。もう抱かれたいということだな。遠慮はいらない。いつだって相手になる」

焔凌が明歩を褥に押し倒すと、明歩は慌てたように焔凌の胸を拳で叩いた。

「違うって！　朝っぱらからサカるなよ！」

「わかっている、また夜にな。ああ、まだ朝の挨拶をしていなかった」

焔凌は明歩の細い顎を捉えて、挨拶にしては濃厚なキスを交わした。


「……ウザいんだけど」

背中に張りつくようにして立つ焔凌を、明歩は振り返りもせずに呟く。

日課の池の魚へのエサやり中だ。浪玉宮には大小十余りの池や水路があるので、順にそれらを巡るだけでも、けっこうな時間を要する。

退屈を連呼する明歩は、その仕事を庭師から半ば強引に奪い、日中は外をうろうろしている。

必然的に焔凌が公務を終えて内殿に戻ってきても、部屋はもぬけの殻だ。

明歩がいなければ焔凌もまたある意味暇で、庭の中を探し回ることになる。明歩を見つけたが最後、夫婦の時間を過ごすべく、寝るまで片ときも離れない。いや、寝てからも離れないというか、さらに密着するというか。

というわけで、明歩からたびたび冒頭の言葉が洩れる。

「なんか趣味とかないの？　スポーツとか芸術方面とか」

「趣味は明歩だ。明歩を鑑賞するのも、共に身体を動かすのも、とても好ましい」

それはいつぞやの明歩が、白虎の洛閃に言ったのと同じではないか。

「あっそ……」

とはいうものの、物理的な距離が近い時間が増えると、気持ちもさらに近づくように思う。こうして焔凌が常にそばにいることで、それが当たり前になったのか、人前では見せなかった振舞いや態度が、明歩に自然と現れるようになった。たとえば――。

「あっ、ミカンがなってる！　ねえ、食べごろじゃない？」

「ん？　どれ……ああ、これか」

焔凌が手を伸ばして枝葉を掻き分けると、鮮やかな橙色(だいだいいろ)の実が姿を現した。

「取って！」

ひとつ捥いで明歩に手渡し、さらにいくつか熟した実を取る。

明歩はさっそく皮を剝いて、ひと房を口に運んだ。

「うっ、ちょっと酸っぱい。でも、さっぱりして美味しい。ねえ、食べてみて」

指でつまんだ実を、焔凌の口元に近づける。わざと房を嚙んで果汁を滴らせると、明歩は「もう、垂れるってば」と言いながら、嚙み切った残りの実を自分の口に入れた。酸味の強い果実は好みではないが、こんなやり取りができるなら、二、三個食べてもいい。

おかげでミカンを食べすぎ、なんとなく口を尖らせ気味にして、次の池に向かった。欄干のない狭い橋を渡っていくので、明歩のほうから腕を絡めてくる。

実はこのルートは焔凌が勧めている。庭が見渡せて景色がいいという理由だが、本音は明歩と腕を組むことができるからだ。

もちろん万が一にも落ちたら困るので、ひとりのときは渡らず、別の道を選ぶように言ってある。

『水底には主がいて、上から落ちてくるものはとりあえず腹に収めようとしてくる』

と、子ども騙しの注意を授けたところ、蝦蟇の件もあってか本気で信じているようで、橋を渡るときはいつも自分から身を寄せてくる。渡っている間は口数も少なくなるのが、おかしくも可愛らしい。

それにしても、今日は一段と力がこもっているな……。いや、嬉しいことだけれど。

「明歩、橋の向こうの唐桃も実がなっているぞ。ほら――」

ふいに明歩に掴まれる腕に体重がかかって、焔凌は視線を落とした。

「明歩？　どうした？」

「……お腹……痛い……」

「調子に乗っていくつも食べるからだ。それに、ああいうものはもっとゆっくり――」

ふだんなら即座に言い返す明歩が、身を丸めるようにして呻くのを見て、焔凌ははっとする。

「もしや……生まれるのではないか⁉」

「う……えっ⁉」

焔凌は驚く明歩を抱き上げ、歩いてきた道を逆走した。

「違っ……、焔凌、違うって！　だって――うっ……」

「産婆に診てもらえばわかる。違っていたならそれでいい。だがのんきに構えていて、準備が遅れたらどうする！」

あっという間に奥殿に駆け込んだ焔凌は、行き交う使用人に手当たり次第に声をかけた。

「産婆を呼べ！　皇后が出産かもしれん！　ああ、薬師も呼んでおけ！」

奥殿には産屋(うぶや)をすでに用意してあり、焔凌はそこへ明歩を運び込んだ。寝台に明歩を横たえると、困惑したような顔が見上げてくる。

「もう、大騒ぎして……違うって言ってるのに――あ、つ……っ……」

「確信があるのか？　おまえだって出産は初めてで、たしかなことは言えんだろう。違ったなら、薬師も来るから腹痛を診てもらえ」

「だって……まだのはず……うー……っ……」

俯せて呻く明歩の手を握りながら、焔凌は苛々と産婆の到着を待つ。

なにをもたもたしているのだ！　産み月も近いのだから、産婆はここで寝起きしていればいいいではないか！

それにしても男親というのは無力だと、この期に及んで痛感する。いや、明歩も男だが、身籠って腹の子を育て、間もなく産もうとしていることと比べたら、ただ種を蒔いただけのお手軽さが、申しわけないやら悔しいやら。

「明歩、どこが痛い？　擦ってやろう。ここか？」

伸ばした手を、容赦なく払われた。

「あーもうっ！　ウザい！」

「あ……明歩……？」

人が変わったような明歩の言動に、焔凌はたじたじとなって後ずさった。

そこに、女官に付き添われた産婆がやってきて、明歩を一瞥するなり腕捲りをした。

「さっそくご様子を拝見します。どうぞ皆さまはお下がりくださいませ」

後ろ手に追い払われ、御簾の外に出された焔凌たちは固唾を吞む。

「腹痛はいつごろからですか？」

「えっと、ちょっと前にミカンを食べてからで……四個かな？　食べすぎですよね」

「今は治まっていますね？」

「……あれ？　そういえば……なあんだ、やっぱり違う――う、う～っ、また……」

「陣痛ですね。間もなくお生まれになります」

産婆のひと言に、待機組から「おおっ！」と歓声が上がった。

焔凌もまた期待と緊張に胸が苦しくなって、両の拳を握りしめる。

「明歩っ！　頑張れ！　応援することしかできないが――」

いてもたってもいられず、御簾を引き上げて寝台に駆け寄ると、明歩が産婆に食ってかかるところだった。

「そんなはずないっ！　だってまだ変わってないもん！」

「なにがでしょう？」

冷静な産婆が頼もしいと思いながら、焔凌は成り行きを見守る。それにしても明歩の興奮状態がすごい。出産時には誰もが多かれ少なかれ我を失うと聞くが、ちゃんと元に戻るのだろうかと、明歩に叩かれた手を見下ろした。

「どこから産むんだよ？　まだ出口がないよ！　おっぱいだってほとんど膨らんでないし！」

あまりにも突拍子もない発言に、焔凌は目を剝いた。

……こいつは……なにを言っている……？

背後の御簾の外もしんとして、なんとも妙な空気が伝わってくる。

唯一明歩の唸り声だけが響く中で、いちばん立ち直りが早かったのは、やはり産婆だった。

「おかしなことをおっしゃられます。誤解しておいでなのではありませんか？」

「なんで⁉　俺は男なんだから、出す場所ができなきゃ産めないじゃん！」

痛みが治まったのか、明歩は上体を起こして言い返し、やがてはっとした顔になった。

「あ……もしかして帝王切開？　ちょっと待った！　お産婆さん、できるの⁉　それより麻酔は⁉　あるの⁉」

鏡をパソコン代わりにしてインターネットにアクセスし、明歩とふたりで人間や動物の妊娠出産を調べたので、焔凌は帝王切開という施術も理解していたが、この世界でそんな出産例はない。

当然プロの産婆といえどもその言葉は意味不明で、眉間にしわを刻む。

「おっしゃる意味がわかりませんが、皇后さまのご出産は、男子の通例どおりと思われます。麒麟も人間も首から下はほぼ同じですから、そのままでだいじょうぶでございますよ。むしろ女体のような産道ができるなど、ありえませんでしょう」

「このまま⁉　このままで産むの⁉　そっちのほうがありえないんですけど！　絶対壊れるって！」

「ご心配なさらず。どうぞお心安らかにお臨みくださいませ」

「安らげません！　絶対に！　だって麒麟で生まれるんでしょ？　あんな手も足も長くてでこぼ

この物体を、どうやって！　引っかかるから！」

これまでにない明歩のパニックぶりに、焔凌は胸を痛める。しかしまさか明歩が出産前に女体化すると信じていたとは、考えも及ばなかった。若干胸がふっくらしたり、胎児を収めた場所に肉がつくと知ったりしたせいで、そんなふうに思ったのだろうか。

「明歩、とにかく今は無事に産むことだけを考えて――」

焔凌が明歩の手を握ってそう言うと、ものすごい力で握り返された。食い込む爪を見て、視線を明歩に移すと、血走った目で睨みつけられる。

「次は絶対焔凌に産んでもらうからなっ！」

「えっ……」

硬直する焔凌を無視し、産婆は明歩の衫の裾を捲って、手を差し入れる。

「失礼いたします。……ああ、順調でございますね。これなら小半時、初産であることを差し引いても、一時(いっとき)少々でお生まれになるでしょう」

「そんな早く⁉　気持ちがついていかないってば！」

「そろそろお湯をご用意願います！　沐浴(もくよく)用の桶(おけ)はそちらですか？」

明歩の訴えも無視して、産婆は御簾の外にてきぱきと指示を出した。固唾を呑んで見守っていた者たちも、役目を得てほっとしたように動き出す。

産婆の助手の女官が三人、寝台を囲み、呻く明歩の汗を拭ったり、水を飲ませたりと、甲斐甲斐しく立ち回る。

焰凌はといえば、明歩に握られたままの手を預けて、もう一方の手で命じられるままに腰を擦っては、「違う!」とか「へたくそ!」とか罵られる繰り返しだ。

時間が進むにつれて、痛みに苦しむ明歩の声が切実なものに変わってきた。ときにこのまま事切れてしまうのではないかと恐れを感じるほどで、焰凌はひたすら無事に生まれることを祈った。

……もういい、子どもはひとりで充分だ。こんな思いをするのはもうたくさんだ。二度と明歩をこんな苦しい目に遭わせない……。

ついでに明歩が言ったように、焰凌が母親になるのも遠慮する。意気地がないと言われようと、それでも王さまかと詰(なじ)られようと、こんな真似はできない。明歩はすごい。

はっはっ、と忙しない息をつく明歩に、産婆が厳かに立ち位置を寝台の足元に変えた。

「間もなくでございます。主上は別室へお移りくださいませ。これより先は血の穢れが――」

焰凌ははっとして、椅子から立ち上がろうとした。しかし、明歩がその手をしっかりと握り直す。

「古い! 今どきは立ち合いが主流だろ!」

涙と鼻水に濡れた顔を上げる明歩に、焰凌は困惑のまま動きを止めた。

「そんなものはございません。母たる者、しっかりと己の力で我が子を誕生させるものでございます」

「それは麒麟のやり方だろ! 俺は人間だから、現代人のやり方を通させてもらう。焰凌、逃げるな！」

「べ……べつに逃げては……」

そう言い返すが、及び腰になっているのは否定できない。

明歩は驚くほどの力で焔凌の手を引っ張り、よろめくように身を寄せた焔凌に顔を近づけた。

「俺たちの子どもだろ。ちゃんと見てろ！　立派に産んで見せるから」

――それから先の目まぐるしい出来事を、焔凌はよく覚えていない。明歩は獣のような声を上げ、唸り、汗みずくになって、焔凌の手を握りしめた。

恐ろしいというよりも、明歩に申しわけない。こんなつらさを与えるために、伴侶としたのではなかった。明歩だけがいれば、それでよかったのだ。

褥に血が染みるのを目にしたとたん、意識が遠のく。

「――主上！」

呼ばれて我に返るまでの間は一瞬だったのか、それとも長かったのか。気づけば焔凌の手は明歩から離れ、代わりに紅絹(もみ)に包まれた小さな小さな麒麟を抱いていた。

「おめでとうございます。王太子さまでいらっしゃいます」

「あ……」

赤子は薄桃色をしていた。焔凌と同じように炎駒となるのだろうか。とても小さいのに、ちゃんと麒麟のすべてが備わっている。まだ短い角の、なんと愛らしいこと。

密やかな笑い声が聞こえて、焔凌は寝台を振り返った。顔を拭いてもらったのか、すっきりとした表情の明歩が笑みを浮かべている。しかし髪が洗い立てのように濡れていて、出産という大仕事を物語っていた。

「そっくりだろ」

明歩の言葉に、焔凌は喉奥が痛くなるような感動を覚えた。

あんなに怯んでいたのに、途中からは呪詛かと思うような悪態をつきまくり、焔凌のこともさんざんに扱き下ろしていたのに、今はすっかり元の明歩だ。いや、前以上に美しく強く、魅力に溢れて見えた。

「ふつうよりちっちゃいみたい。男が産む場合は小さいらしいよ。でも五体満足で元気だってさ。可愛いと思わない？」

「ああ……こんなに可愛い赤子は初めて見る」

焔凌は赤子をそっと明歩の横に寝かせてから、明歩の手を取った。

「頑張っちゃったよ、俺」

「そんな言葉では言い尽くせない。本当によくやってくれた。嬉しい。子どもも、なによりおまえが無事でよかった」

焔凌はその手にくちづけ、それから明歩と赤子を包むように抱きしめた。

「……全然俺に似てないんだけど」

玉や貴石で装飾された揺籃の中で眠る赤子を覗き込みながら、明歩は何度目かの同じセリフを呟いた。

『わたくしが知るどの生き物よりも、麒麟の出産は軽いと思われます』

そう産婆が言ったとおり、明歩は赤子を産んだ翌日には、嘘のようにダメージが消えていた。体調も妊娠前と変わらないと思う。

しかし明歩は人間の男のわけで、いくら赤子が平均より小さくても、出産はハードだったはず——なのだ。それがこうもピンシャンしているというのは、やはり生まれてくるのが麒麟とのハイブリッドだったということが影響しているのだろうか。

「そうでもないだろう。麒麟はすぐに目も開くし、自分で立ち上がる。そのあたりは人間寄りなのではないか?」

揺籃の向こう側で、焔凌が赤子の鬣を撫でながら言った。

逆にそれが心配だ。人間の赤ん坊だって視力は定まっていないが、起きているときは目を開いている。明歩が知る限り、しばらく目を開けないのは、イヌやネコ、パンダなどだ。ああ、鳥も最初は目を閉じているかもしれない。

それを考えると、麒麟はウマとかキリンとかに近いのかな……。外敵に狙われやすい草食動物系……？

小さく生まれて、その上目も開かないし起き上がらないとなっては、いつまでこのままなのか、もしかしたらずっとなのかと、気になってしまう。

産むときには、ひたすら早く出てきてくれることを願ったけれど、今は少しでも成長してくれることを、元気に育ってくれることを祈らずにはいられない。

「そう神経質になるな。乳もよく飲むし、立ち上がりこそしないが、よく動くだろう」

「そうだけど……」

乳といえば、明歩から母乳は出なかった。これも産婆情報によると、男の麒麟が出産しても、乳が出た記録はないそうだ。

微妙に膨らんでいた明歩の胸も、出産を終えるやたちまち元の身体に戻ってしまった。それならなんのための変化だったのかという話だが、妊娠による体調の変化で片づけられてしまった。ホルモンバランスのせいということだろうか。

というわけで、赤子は乳母の乳で育っている。その辺は昔の日本でもよくあったように、麒麟も貴人の赤子には、もともと乳母がつくものだそうだ。

身籠っている間は胎動を感じるたびに、自分は母親なのだという自覚を否応なく持ったけれど、こうして身ふたつになってしまうと、逆に自分イコール母親説に疑問が出てしまう。母親ならではの赤子に必要なことが、できていない気がして。

かといって、人任せにしようという気にはまったくならないのだ。こうしてただ見守ることしかできなくても、片ときも離れずそばにいたい。むにゅむにゅする口元の動きや、呼吸に合わせて尻尾を震わせるさまを、ひとつ残らず見ておきたい。

生まれたときは冗談のように小さくて、五百ミリペットボトルくらいのサイズだったが、十日で驚くほど成長した。今は、ネコか小型犬くらいの大きさだ。

そして、まるっと麒麟の姿をしている。鱗はまだ皮膚と一体化しているかように薄く、触り心地もすべすべで、鬣や四肢の飾り毛などはまるでピンクの綿菓子のようだ。そう、ピンク――。

「ねえ、この子も炎駒なのかな？　焔凌も生まれたときは桃色だった？　ふつうの麒麟は赤ん坊でも黄色っぽいよね？」

乳母の赤ん坊を見せてもらったけれど、大型犬の仔犬のようにずっと大きくて、よちよちと歩き回っているのはともかく、ほぼ親と同じ顔色だった。

「いや、どうだったかな……？　初めからかなりはっきりとした色をしていたと――」

明歩がどんよりとした表情になったのに気づいてか、焔凌は慌てたように両手を振った。

「それぞれだろう。個性だと思えばいい。それより明歩、赤子の名前を決めたぞ」

「えっ、ほんと？」

明歩の関心はそちらに移った。名前は生まれる前から、男女合わせていくつも候補を挙げていた。

世継ぎとなる赤子なので、名前も議会の承認がいるらしく、ここ数日話し合いを重ねていたということだ。

庶民の出の明歩としては、家族以外が名づけに口出しするなんておかしなことだと思うけれど、やんごとなき立場の場合はふつうなのだろう。一応候補の中から選ぶそうなので、明歩もよしとしている。

焔凌の指が、すやすやと眠る赤子の眉間に触れた。

「准章(じゅんしょう)――」

赤子――准章はぴくりと瞼を揺らし、ゆっくりと目を開いていく。

「わ……！」

固唾を呑んで見つめる明歩の前で、准章は伸びをするように頭を上げ、そのつぶらな瞳に明歩と焔凌を映した。身体の色を反映するのか、目もピンク色だ。

「……すごい！　目が開いた！　わかるか、じゅんじゅん！　パパとママだよ！」

「じゅんじゅん……」

「呼び名ってのがあるだろ。いきなり准章は堅苦しいよ。じゅんじゅん、抱っこしよう！　おいで」

両手を伸ばすと、准章は這うように近づいてきて、明歩の手に顔を擦り寄せた。

「……かっ、可愛いっ……！　ねえ、すごく可愛いよね！　ああもう俺、麒麟のお母さんになれて幸せ！」

明歩が抱き上げると、准章は腕の中でもぞもぞしてから、ポジションが定まったというように一人前の息をついた。

「うわあ、どうしよう。なんてきれいな目！　鼻もピンクで超可愛い！」

興奮状態で騒いでいた明歩だが、気づくとしきりに咳払いが聞こえた。ようやく目を向けると、焔凌が両手を広げている。

「ああ、ごめん。夢中になっちゃった。じゅんじゅん、パパも抱っこしたいってさ」

明歩は焔凌に向き直り、そっと准章を手渡そうとしたが、焔凌の手は明歩ごと准章を抱き包んだ。

「どちらかなんて決められない。ふたりとも私の大切な宝物だ」

出産以降も、たびたび焔凌に抱きしめられていたけれど、このとき久々にときめきというか興奮というか、焔凌に抱擁される喜びを感じた。

どこかが触れ合っただけで、いや、体温の気配を感じただけで、どうしようもなく焔凌が欲しくなったときのように、明歩は准章をつぶさないようにしながら、そっと焔凌の肩に額を押しつける。

「……あのさ、俺……次は焔凌が産めって言っただろ？」

焔凌がぎくりとしたように肩を揺らす。

「あれ、撤回。ていうか、もうじゅんじゅんだけでいいと思ってたけど、もっと焔凌との子どもが欲しい」

ネットで出産体験記を読んだときに、お産が大変すぎてひとりっ子でいいと思った、とか、それなのに次が欲しくなった、とかあって、実際、阿鼻叫喚の出産を体験した明歩も、こんな思いはこれきりでたくさんだと思った。

いや、もちろん准章の誕生は嬉しかったし、しっかり育てようと思ったけれど、ふたり目なんて完全に頭の中から消え失せていた。

それが、長子が生まれて十日目にして、次の子どもが欲しいと思っているのだから、我ながらなんて現金なのだろう。

でも、それくらいじゅんじゅんが可愛いんだよ。こんな子がまたできるなら、悪阻も陣痛も乗り越えられる、……と思う。

なにより自分と焔凌の間で命を生み出せるなら、こんなに素晴らしいことはない。互いの愛情の結果が形となって存在するのだ。

「嬉しいことを言ってくれる。協力は惜しまないぞ」

背中にあった焔凌の手がそろそろと腰へ下がって、微妙に動き出すのを感じて、明歩は准章を抱きかかえたまま仰け反った。

「今すぐじゃなくていいってば！　危ないよ！」

「照れなくてもいいだろう。よし、夕餉は精がつくものを出すように言っておこう」

ひと月ほど経つと、准章はちょこまかと歩き回るようになり、気を揉んでいたのが嘘のように元気で愛らしい子どもに成長した。

「うん、やっぱり小さく産んで大きく育てるに限るな」

明歩はそう言うが、実際のところはまだ平均よりもかなり小振りだ。しかしこのペースで育てば、いずれ大差はなくなると期待している。人間の乳幼児だって、個人差が大きいものだ。

それより気になるのは色なんだよな……。

相変わらず准章は全身ピンクだった。それはそれで超絶ラブリーなのだけれど、いまだかつて桃色の麒麟なんて聞いたことがない。もちろん方壷に暮らす麒麟たちも目にしたことがないらしい。

「ねえ、鳶子。桃色麒麟なんてアリかなあ？　それともこれから変わるのかな？」

露台の長椅子で、准章の鬣を梳いていた明歩が振り返ると、お茶の用意をしていた鳶子が狼狽えた。

「さ、さあ……わたくしなどにはわかりかねますが……」

「みんなが噂してるのは知ってるんだよ。その中で、納得がいくようなことを言ってる人はいないの？」

個人的には可愛くて個性的だと思うけれど、他の子麒麟たちはみんな黄色いから、ゆくゆく仲間外れにされたりしないかと、それが心配だ。

つい焔凌に頼んでネット検索してしまい、見た目の違いから差別されたなんて記事を見つけて、はらはらしている。

「やっぱり俺が人間なのが影響してるのかな……俺のせいなのかな……」

「なにをおっしゃいます！　准章さまはこんなに愛らしく、ご利発にお育ちではございませんか！」

「じゅんじゅんね」

明歩がツッコミを入れたので、鳶子は躊躇いながらも続けた。

「じゅ、じゅんじゅん……は、稀なる麒麟ということで、このままでも問題ないと存じます」

「いずれピンクの王さまになっても？」

「ま、稀なる王にございましょう……」

「うん、わかった」

明歩は准章を鳶子に渡して、椅子に座った。香り高いお茶を味わい、鳶子に笑いかける。

「鳶子もじゅんじゅんの味方ってことだよね？」

「もちろんでございます！　お生まれになったときから、こうしてお世話をさせていただいておりますれば、お可愛らしさもひとしおで――」

「鳶子がついていてくれるなら、安心だ」

ひとりでも多くの麒麟が、准章を認めてくれれば、と願う。

「俺もついているぞ。百人力だろう」

ふいにリュウガンの木立の向こうから声がして、明歩は強烈なデジャブに襲われながら立ち上がった。

「え……？　まさか――」

「……洛閃さまっ！」

やっぱりか！

結婚間もないときにも、こうして庭からやってきた男が姿を現した。ホワイトタイガーの頭をした洛閃だ。

焔凌の友人ということで、礼を失しない程度に対応していたけれど、明歩をナンパするチャラい白虎の王だ。

洛閃は果物を盛った籠を明歩に差し出す。

「水くさいな、明歩。子どもが生まれたのも知らせてくれないなんて」

「あ、ありがとうございます。でも俺はあなたの連絡先なんて知らないし、友人なら焔凌のほうから伝えるでしょう？」

「そう、その焔凌だ」

洛閃は指をぱちんと鳴らし、勧める前に椅子に腰を下ろす。

「まあ、おまえも座れ」

これではどちらが客人なのかわからないと思いながら、明歩は向かい側の椅子に座った。

「あいつ、こちらから連絡をしても、二回に一回は無視するんだぞ。おまえからもなんとか言ってやれ。それに、今日の今日まで子どもの件はひと言も言わなかった」

「そう言われても……」

焔凌が嫌がることばかりするからだろう、とは、さすがに言えない。

「おっ、そいつが赤子か！　炎駒、いや、桃色……か？」

鳶子に抱かれている准章を、洛閃は瞳孔を開いて凝視した。

桃色だからなんだというのかと、明歩は准章を抱き取り、膝に座らせる。

「長子の准章です。お見知りおきください」

「むむ……やはり桃色……」

洛閃は卓に身を乗り出して、しげしげと子麒麟を見つめた。

これ以上色についてとやかく言うようなら、椅子から蹴り落とすつもりで身構えていたが、洛閃は身を起こして深々とため息をついた。

「……初めてだ」

明歩は眦(まなじり)をぴくりと揺らす。

「麒麟を愛らしいと思ったのは初めてだぞ」

「……はあっ？」

「いやあ明歩、いい子を産んだな！　でかした！　どれどれ、准章といったか？　お兄さんが抱っこしてやろう」

なんであんたが俺を褒める？　お兄さんって誰だ？

予想外の洛閃の反応に、明歩が呆気にとられていると、洛閃の手が准章を抱き上げげた。

「るるるるっ！」

まだ喋れない准章は喉を鳴らすような声を上げ、洛閃の顔に後肢で蹴りを入れた。

「うおっ……」

じゅんじゅん、よくやった！　不審者には徹底抗戦だ！

「申しわけありません、人見知りなもので。さあ、じゅんじゅん、こっちへおいで——えっ……？　あっ……」

子麒麟は白虎の腕からふわりと浮き上がり、そよそよと宙をさまよう。

「……飛んだ！　じゅんじゅん、すごいぞ！　飛べたな！」

明歩は露台を駆け下りて、准章の後を追った。

なんて誇らしいのだろう。そしてなんて素晴らしいのか。色が変わっているなんて、些末なことだ。これが我が子だ。

「……だけど、ひとりで勝手に出かけちゃいけません！　ちょっと、じゅんじゅん！　ママが飛べないからって……」

獣化した麒麟が飛翔できるのは、焔凌の姿を見て知っていたけれど、未変化の子どもも飛べるとは思いもしなくて、突然の成長に明歩は慌てた。

動き回るようになった子どもから目が離せないという話はよく聞くが、人間なら地上で済むところを、明歩は三次元でフォローしなければならない。

こ、これは……絶対パパの助けが必要だな。

焔凌にも、貴人は変化しないなんて嘯いている時代は終わったのだと、しっかり自覚してもらわなくては。

るるる……、と鳥のような声を発しながら、宙を進んでいた准章が、ふいに四肢をじたばたさせて高度を落とした。すわ落下かとダッシュした明歩が手を伸ばした先で、広げた両腕が准章を迎える。

「焔凌っ……！」

焔凌の腕の中に着地した准章は、しきりに喉を鳴らしてはしゃいでいる。前肢で焔凌のひげを絡めるようなしぐさが愛らしい。

「……うわ……」

聖母子像というのは聞いたことがあるけれど、今、明歩の目の前で繰り広げられている光景は、まさに聖父子像だと思う。

その一端を担うというか、准章を産んだ自分を褒めてやりたいくらいだ。

「こうやって見ると、父子に見えるな」

いつの間にか追いついていた洛閃の言葉に、焰凌は片眉を上げた。

「またおまえか」

「ご挨拶だなあ、お祝いしに来たのに。いやあ、おまえにしては上出来じゃないか。めちゃくちゃ可愛いな、じゅんじゅん」

「そ、その呼び方……」

親戚のおじさんみたいな馴染み方で呼ばないでほしいと思いながら、明歩は洛閃の袖を引っ張った。

「あなたが近づくと、じゅんじゅんが逃げますから」

「なんだと？　おい、洛閃、じゅんじゅんになにかしたのか？」

子育て中の獣のような険しい表情になった焰凌を見て、さすがの洛閃も歩みを止めて両手を振った。

「ちょっと抱っこしようとしただけだ。いいだろう、それくらい。ああ、しかし可愛いな。よし、決めた！　俺も子どもを作る！　さっそく実行に移すとしよう。じゃあ、じゅんじゅん、明歩、またな」

走り去っていく洛閃の後ろ姿を見送りながら、明歩は我知らず呟いた。

「いっつも勝手に来て勝手に帰ってくな……」

「なにかされなかったか？」

近づいてきた焔凌が、心配そうに明歩を見下ろす。

「ん？　ああ、べつに。じゅんじゅんの色が可愛いって。見る目あるね」

明歩はそう言ってから、焔凌に抱かれている准章の鼻先を、指で突いた。

「じゅんじゅん、飛べるようになって嬉しいだろうけど、あんまり離れちゃだめだよ。呼んだらすぐに戻ってくること。わかった？」

准章は小首を傾げて、るるる、と答える。

「意外だな。もっとうるさく言うのかと思った。飛ぶのは禁止、とか」

「だって――」

明歩は准章のふわふわとした鬣を撫でながら、ため息をつく。

「ほんとはそうしたいよ。なんせ俺は追いかけて飛べないし。でも、せっかく飛べる姿に生まれついてるんだから、それが自然だよね。けがしたり迷子になったりしないように、親が注意するしかないっていうか、きっとそれが親の仕事なんだと思う」

明歩が准章にしたように、焔凌は明歩の頭を撫でた。

「なにそれ？　褒めてるつもり？　物わかりよく言ったけど、マジで心配なんだよ。目に見えて成長して、飛べるようになったのも嬉しいけど、これからどんどん心配は増えるんだろうな、って……ああ、どうしよう……」

「そう過保護にすることもない」

焔凌は准章を抱き上げ、勢いをつけて宙に放った。

「うわあっ、危ない！」

明歩は飛び上がって手を伸ばしたが、准章はそれより高く、ふわふわと浮いている。右へ左へゆらゆらして、まるで風船のようだ。

「紐つけとこうかな……」

人間界にも子ども用のリードがあって賛否両論のようだし、明歩も一度目にしたときにはぎょっとして、それはどうなんだと思ったけれど、いざ我が身に降りかかると、それで少しでも安心できるならアリだと思い直す。

「もしものときには私を呼べばいい。すぐに追いかけて連れ戻す」

「そんなこと言って、貴人はめったなことでは変化しないんだろ」

「おまえやじゅんじゅんになにかあったら、まさしく非常時ではないか。妻子を守るのは最重要事項だ」

てらいなく言ってのける焔凌を、明歩は思わず見つめた。最近の焔凌は、とてもストレートに明歩や准章に対する愛情を言葉にする。

明歩がつい妄想を働かせて、状況や焔凌の思惑を勝手に決めつけてしまうのに気づき、それを阻止する意味で明確に言うようにしていることもあるのだろうけれど、なにかにつけてはっきり言葉にする明歩に感化されたようにも思う。

似たもの夫婦なんて言葉があるように、共に人生を歩んでいくにつれて、互いに染まっていくのだろうか。

いずれにしても、焔凌がはっきりと言葉で、それも愛情を示してくれるのは嬉しい。

「それに、むやみやたらと獣化するななんてしきたりは、今どきではない――なんというのだったか、そう、ナンセンスだ」

「おおっ？」

慣れない言葉を使う焔凌に、明歩は驚きにほんの少し揶揄を交ぜて、目を瞠った。そういえば、会話にそんな単語が増えてきているのも、最近の兆候だ。

「今も明歩が言っただろう？　飛べるように生まれついているのだから、それが自然なのだ、と。目から鱗が剥がれ落ちた気がしたぞ」

「ほんとに鱗がある人が言うと、説得力があるねえ。まあ、洛閃なんかしょっちゅう飛び回ってるみたいだし、人目につかない場所なら――あ、そういえば、連絡寄越さないいって文句言ってたよ」

「あいつか」

焔凌は思い出したように眉をひそめる。

「本気で嫌ってるわけじゃないんだろ。周りも一応友だちだと思ってるみたいだし」

明歩の言葉に、焔凌はむすっとしたまま頷いた。

「白虎に限らず、各種族とは友好を築いている。国同士の交流もあるから、上の者がいがみ合うわけにもいくまい」

「じゃあ、じゅんじゅんが生まれたことくらい知らせてあげなよ。聞きつけてすぐ、お祝い持ってきてくれたみたいだよ」

露台の卓に置かれた果物籠を指さすと、焔凌はなんとも複雑そうな顔をした。

「わかっている。なにぶん口達者な奴で、その場のノリや私が慌てるのを楽しんでいるのだろう。が、ことおまえに関しては、冗談でも不愉快だ」

「……俺？　ええと……」

意味を摑む前に、焔凌に抱きしめられた。上空に浮いていた准章が「るるるっ！」と声を上げる。

「妬ける、と言っている」

明歩の髪に顔を埋めた焔凌の声が、直接頭の中に染み込んでくるようだ。

「……ああ、それは……ありがとう……？」

最後の言葉は不適切だったかと思ったけれど、焼きもちを焼かれて嬉しく思ったのは事実だ。

焔凌は気がついていないのか、気にしていないのか、独白のような言葉が続く。

「自分でもむきになっていると思う。しかしおまえを他の誰かの手に渡すなんて、考えたくもないし、会わせるのも、見せるのも惜しい」

……うわー、うわーうわー！

ここまではっきり嫉妬していると言われると、他人事だったらきっとドン引きしていたと思う。そもそも明歩はウザいのが苦手な質だ。

それなのに、焔凌に言われると嬉しくなってくるし、胸がどきどきして、汗までにじんでくる。頭が汗臭くなっていないだろうか。

「……え、焔凌……心配無用だから。俺は焔凌だけだから。ホワイトタイガーなんて目じゃないし——」

「明歩、こんなに誰かを愛する日が来るとは——」

自分のセリフに酔って盛り上がったのか、鳶子が露台の隅にいることも、庭を見通す回廊を使用人が歩いているのも忘れて、焔凌は明歩の顎に手をかけた。

ええっ？　人前でチューはちょっと……ていうか、後で恥ずかしい思いをするのは焔凌のほうなんじゃ……。

「るるるるっ！」

ふいに上空からピンクの子麒麟が降ってきて、焔凌と明歩の間に割り込むように収まった。

「……あ、じゅんじゅん……危なかった、子どもの前で見せちゃだめだろ」

准章は明歩の顔に前肢を伸ばすと、ピンクの瞳をきらきら輝かせた。

「……ま、ま……」

明歩は目を丸くして、准章の瞳に映る自分を見つめる。それからすぐに顔を上げ、焔凌を見た。

「聞いた⁉　ママって言った！」

焔凌もまたあんぐりと口を開けて、残念なイケメンぶりを発揮していたが、はっとしたように准章の顔を自分のほうに向かせた。

「じゅんじゅん！　これは⁉」

准章はきょとんとして見上げていたが、るるる、と喉を鳴らした。

「パパだろう！」

「焔凌、そんな無理やりはだめだって。まあ、ママが先なのは、よくあることだからさ」

明歩が宥めつつも、ちょっとした勝利感を味わっていると、准章は焔凌の腕の中できゃっきゃっとはしゃいだ。

「るるる、る、……ぱ、ぱぱ……る……」

焔凌の顔がぱあっと明るくなり、准章を抱いたままくるくると回る。

「そうだ、じゅんじゅん！　パパだよ！　もう一回言ってごらん」

「……る……ぱぱ……ぱぱ！」

誰が聞いても間違えようのない明瞭な発音が聞こえて、明歩は一気に敗北感に見舞われた。

「じゅ、じゅんじゅん！　ママは？　ママって言って！」

浮かれた焔凌は、すがりつく明歩から逃がすように准章を振り回す。

「ママはむずかしいよなー。パパが言えればいい」

「焔凌！　ずるいって！　覚えてろよ！　なあ、じゅんじゅんー」

ふいに准章は焔凌の手をすり抜け、明歩のほうへふわふわと宙を泳いできた。

「……ま、まま……ままー」

「じゅんじゅん！　そうだよ、ママだよ！」

明歩が手を伸ばしてぴょんぴょん跳ねると、准章は明歩の肩に着地した。

「まま！　……る、ぱぱー」

くるりと振り返って見つめられた焔凌は、でれでれになって両手を広げ、明歩と准章を抱き包んだ。

「なんて幸せなんだ……」

「うん、じゅんじゅん可愛いよね」

「ああ、萌えだ」

またそんな軽薄な言葉を使って、と思ったけれど、一瞬考えて明歩は頷く。

「うん、そうだね。萌えだ。じゅんじゅん萌えー」

ピンクの顔に頬を擦りつけると、准章は、るるるると喉を鳴らす。

「……る、もえ……るる……」

はっとして明歩と焔凌は顔を見合わせた。

「天才かも！」

そして自分たちを親ばかと言うのだろう。


「ママー！　はやくー！」

中型犬ほどの大きさになった准章は、今や流暢に言葉を操る。人間の子どもなら、おそらく三歳児くらいの言語能力なのではないだろうか。

姿はまだ獣形だけれど、宙を駆ける姿もさまになってきて、それはそれで愛らしく美しい。ピンク色なのは変わらず、しかしもう明歩は気にしていない。すでにそれが准章の個性として周囲に認知され、一部の妊婦の間では、ピンクの麒麟が生まれるようにと願をかける者まで出ているという。

「待って、じゅんじゅん……！　マ、ママは飛べないんだ、から……っ……」

明歩は上を見ながら准章を追いかける。おかげで何度躓（つまず）いて転びそうになったことか。そのたびに横を走る焔凌に摑まれて、事なきを得ていた。

「……当たり前だけど……これからもっと速く飛ぶように、なる……んだよね？　マジで紐つけないと見失うかも……」

ぜいぜいしている明歩と比べ、焔凌は涼しい顔だ。飛んでいる准章もけろりとしているし、焔凌が明歩を乗せて飛翔したときも、重さをものともしない勢いだったから、飛ぶということに関しては、さほどエネルギーを消費しないのだろうと思っていたけれど、陸上でも変わらないようだ。そもそもの体力や筋力が違うってことか。まあ、そうだろうな。俺のことだって、軽々と抱き上げるし。

昨夜など、明歩をお姫さま抱っこしたまま、長椅子で寝入ってしまった准章をひょいと手のひらに乗せ、寝台に運ぶという技を披露した焔凌だ。

伴走してくれるなら、いっそ変化して、いつかのように明歩を乗せてくれればいいのに、と思わなくもないし、以前ほど獣化することにわだかまりがなくなった焔凌なら、頼めばすぐにそうしてくれるだろう。

しかし、いつも必ず焔凌がいるとは限らない。今は育児休暇だと嘯いて、公務を最小限に絞っているが、徐々に復帰していくはずだ。

そうなったときに、やんちゃ盛りの准章を、明歩は母親として相手にするのだから、チート技は自粛するべきだろう。

自分と違って飛べない明歩を見ることで、准章にも母親が人間だと自然に理解してほしいし、そこから思いやりなども芽生えたらいいと思っている。

東門を出て草原を一気に駆け抜けた親子は、明歩が最初に発見されたという泉に辿り着いた。

「じゅんじゅん、お水飲む？　喉渇いただろう」

「おいけじゃないの？　おさかなは？」

准章は泉の縁から水面を覗き込んでいる。ちょっと腰が引けているのがおかしい。

「お魚はいないんだって。ママはここからこの世界に来たんだよ」

「おみずのなかから？」

「そう。パパのお嫁さんになりに。──はい」

明歩は水を手で掬って、准章の口元に差し出した。たちまち手の中の水を飲み干して、柔らかな舌で手のひらを擽る。

「もっと！」

「はいはい、ちょっと待って」

水辺に屈んでいる間に、焔凌が二杯目を准章に与えているのが見えたので、明歩は掬った水を自分で飲んだ。

最初に降り立った場所だから、ということでもないのだろうけれど、この泉の水がいちばん美味しく感じられる。

「おいしいね！　ママのおふろのみず！」

どういう発想なのかそんな言葉が聞こえて、明歩は思いきりむせた。

「おっ、お風呂じゃないよ！　浸かってなかったはずだし……そうだよね、焔凌？」

「さあ、服は濡れていたようだが」

「なんではっきり否定してくれないかな。じゅんじゅん、ここの水はお風呂みたいに入っちゃだめだよ。飲む水だから」

「わかったー！」

元気のいい返事をして、准章は辺りを駆け回り始めた。勢い余ってときどき宙に浮きながら、草むらをハードルのように飛び越えている。

「水飲んだだけで回復してる。元気いいなあ……ね？」

隣に視線を向けると、焔凌は無表情に准章を見ていた。無表情というか、心ここにあらずというか。

「どしたの？　疲れた？」

「いや……」

焔凌は一瞬明歩を見て、ふいと視線を泉に向けた。

「何度もこの場所を封印してしまおうと思った」

「ええっ、方壷の名水なんだろ？　なくなったら困る人だっているじゃん。他の人に会ったことはないけどさ」

苦笑が返ってくる。

「司徒にもそう言われた。国のもので私個人の所有ではないから、現実的な話ではないが――」

焔凌は背中を向け、小さな声で呟いた。

「突然やってきたように、いつかふいにいなくなってしまうのではないかと……そんな可能性を少しでも減らしたくて――必死すぎて滑稽だな」

明歩は焔凌に駆け寄って、その背中にしがみついた。

「そんなことない、嬉しいよ。でも、俺は全然帰りたいなんて思ってないから――って言ったら、焔凌も嬉しい？」

焔凌の胸の前で交差した手を、大きな手が上から包む。

「嬉しくて……安心する」

「帰らないよ。ここから俺のほんとの人生が始まったんだから。それに、ね……」

明歩は焔凌の前に回り込んで、両手を握った。

「赤ちゃんできたんだ」

焔凌の赤い瞳が、すうっと透き通った。

「じゅんじゅんの兄弟ができるね。男の子と女の子、どっちがいい？　どっちでもいいよね」

口元を戦慄かせた焔凌が、明歩を抱き上げた。

「マジか！　すごいぞ、明歩！」

「マジマジ！」

はしゃぐ両親に気づいて、准章が宙を搔くように駆け寄り、明歩と焰凌の間に飛び乗ってきた。

「まじ？　まじ？」

「ああ、じゅんじゅん！　大マジだ！　弟か妹ができるぞ！」

「ええっ、すごーい！　わーい！　おとうとかいもうとってなあに？」

そういえば准章のボキャブラリーにはまだ登場していない単語だったと気づいて、明歩と焰凌は笑い合った。

「それはね――」

END

こんにちは、浅見茉莉です。この本をお手に取ってくださり、ありがとうございます。

麒麟です、恐れ多くも。しかも人型になっても、首から上は麒麟のままです。どうなんでしょう？　と、問うてみたところで、もう書いちゃったんですけどね。

ずばり麒麟を祀っている神社はないと思うのですが、像や楼門に彫刻があったり、奉納舞が伝わっていたりというのはちらほら見かけます。私が住んでいる場所の近くにも、麒麟門という建造物がある神社があります。江戸の鬼門に位置するそうで、厄災が入らないように扉は開けないとか。

ところで麒麟というのは、どのくらい世の中に浸透しているのでしょう？　某書を愛読なさっている方には、それこそウィキペディアに載っているくらいのことは常識かと思いますが、世間一般ではビールのイメージくらいでしょうか。もしかしたらラベルのイラストを、ビール会社のオリジナルキャラクターと思っている方もいるかもしれませんね。

かくいう私も幼いころはビールを見て、どうしてこの動物がキリンなんだろうと思ったものでした。キリンは首が長くなきゃだめじゃん、それに

あとがき

怖い、みたいな。

　中国神話の瑞獣はキメラタイプが多く、麒麟もいろんな生き物のパーツを併せ持っているといわれています。この話でも基本的にそのフォルムに従っていますが、大きさだけサラブレッドくらいのイメージです。大きい動物は好きですが、五メートル（ウィキペディア参照・あれ？　実物のキリンの大きさくらいですね。偶然？）は大きすぎる。乗るシーンもぜひ入れたいので、ギリでスムーズに乗り降りできるのは、このくらいのサイズかな、と。

　また麒麟にはカラーバリエーションがあるそうで、今作では赤麒麟『炎駒』をチョイスしました。仁の生き物とされる麒麟に、ちょっとワイルドな印象が加わるかなと思って。

　そのベビーがピンクになってしまったのは、まったくの話の勢いですが、可愛くてよかったんじゃないかと思っています。またピンクが生まれるのかな？　そうなったらピンク麒麟の名前も考えたいですね。

　しかし明歩（あきほ）はよく思い切ったものだと思います。周りが麒麟だらけになってしまったら、とても前向きにはなれないんじゃないかな。人間界で、相手だけが麒麟だというならまだしも。

そこで自分が思うように行動してしまうあたり、肝が据わっているというか、なにも考えていないというか。

ちゃんと焔凌(えんりょう)が受け止めてくれたのは、結ばれるべくして出会ったから、ということなのでしょう、とまとめておきます。

NRMEN(ねるまえの)先生には、イメージどおりのポジティブ少年な受とイケメン(笑)の攻、そしてラブリーな子麒麟を描いていただきました。攻が獣面ということで、ご苦労をおかけしたことと思います。ありがとうございました!

担当さんを始めとして制作にかかわってくださった方々にも、お礼申し上げます。担当さんが勧めてくださらなかったら、チャレンジすることはなかったドラゴンフェイスでした。

そしてお読みくださった皆さんも、ありがとうございました。感想など聞かせていただけたら励みになります。

それではまた次の作品でお会いできますように。

CROSS NOVELSをお買い上げいただき
ありがとうございます。
この本を読んだご意見・ご感想をお寄せください。
〒110-8625
東京都台東区東上野2-8-7　笠倉出版社
CROSS NOVELS 編集部
「浅見茉莉先生」係／「NRMEN先生」係

CROSS NOVELS

愛しの旦那さまには角がある

著者

浅見茉莉

2019年4月23日　初版発行　検印廃止

発行者　笠倉伸夫
発行所　株式会社　笠倉出版社
〒110-8625　東京都台東区東上野2-8-7　笠倉ビル
[営業]TEL　0120-984-164
FAX　03-4355-1109
[編集]TEL　03-4355-1103
FAX　03-5846-3493
http://www.kasakura.co.jp/
振替口座　00130-9-75686
印刷　株式会社　光邦
装丁　磯部亜希
ISBN　978-4-7730-8980-6
Printed in Japan